잃어버린 나를 찾아 떠나는 기행

잃어버린 나를 찾아 떠나는 기행

초판 1쇄 인쇄   2013년 08월 05일
초판 1쇄 발행   2013년 08월 12일

지은이   정 재 섭
펴낸이   손 형 국
펴낸곳   (주)북랩
출판등록   2004. 12. 1(제2012-000051호)
주소   153-786 서울시 금천구 가산디지털 1로 168,
              우림라이온스밸리 B동 B113, 114호
홈페이지   www.book.co.kr
전화번호   (02)2026-5777
팩스   (02)2026-5747

ISBN 978-89-98666-99-6   03810

이 도서의 국립중앙도서관 출판시도서목록(CIP)은 서지정보유통지원시스템 홈페이지(http://seoji.ni.go.kr)와 국가자료공동목록시스템(http://www.ni.go.kr/kolisnet)에서 이용하실 수 있습니다.
(CIP제어번호 : 2013013152)

나는 진정 나를 위해 살고 있는가

잃어버린 나를찾아 떠나는기행

7일간의 나 홀로 여행기

| 정재섭 지음 |

book Lab

○● 차 례

정신없이 앞만 보고 달려온 인생 전반전, 한 번쯤 정리를 해 보아야 하지 않을까? 영원한 인생이 아니지 않는가. 그냥 막 달릴 것인가? 나에게 지금 가장 소중한 것이 무엇인가? 만물 중에 영장인 사람으로 태어난 행운을, 소중한 것을 잃은 채 일의 노예로만 보내고 있지는 않은가? 나는 정말 잘 살고 있는가? 나를 위해 살고 있는가? 남을 위해 살고 있는가? 남은 인생을 위해 무엇을 하며 살아갈 것인가? 이제는 무조건 달리지 말고 방향을 잘 잡자. 십 년 뒤의 오늘을 후회하지 않아야 할 것이다.

열심히 일만 해온 중년들이여!
만약 뭔가 잃었다는 느낌이 든다면 한 번 정도는 홀로 여행을 떠나 보라. 더 늦기 전에 잃어버린 나를 찾아야 한다. 한 번뿐인 소중한 인생을 위하여 휴식이라는 재충전의 기회를 가져 보자.

불혹이란, 어떠한 유혹에도 흔들림이 없는 나이라고 하는데, 나는 그렇지 못하다. 나는 아주 잠시만 방황하고 싶다. 아니 쉬고 싶다. 쉬는 것이 두려운가? 내가 일에 중독되어 있기 때문이다.

뭔가 공허한 느낌이 든다. 지금 나에게는 그 무엇이 없는 것 같다. 그냥 이대로 그 무엇을 채우지 않은 채, 무엇이 소중한 것인지를 잊은 채, 한 번뿐인 소중한 인생을 아무런 목표와 계획도 없이 그냥 그렇게 흘려보내고 싶지 않다.

잠시 멈추자. 모든 것을 내려놓자.
떠나자, 이 도시를.
떠나자, 일로 얽힌 사람들을.
떠나자, 잠시만 나를 위해서 사랑하는 가족들도.

1993년 육성 모범 용사 해병 2사단 대표 표창

1996년 명경산업 입사(창립 동참) - 대학 졸업(행정과), 인쇄, 가공업.

1996년 결혼, 아들 현수 출생

1997년 공장 화재 전소 & 공장 이전(마산 창원) 미래산업 설립

1999년 노키아 글로벌 자동화 도장 업체 등록, 둘째 수연 출생

2002년 자동화 도장라인 수출 및 시스템 셋업 - 중국(북경)

2003년 주식회사 미래산업으로 법인 전환,

　　　　 창원공업전문대 금형과 야간 입학

2003년 금형, 사출 설비 및 시스템 셋업

2004년 미국 보스턴 EF Language school 입학 9개월 과정 수료

2005년 미래헝가리 법인장, 법인 설립 및 공장 셋업, 220억 투자

2005년 헝가리 발다 도장 컨설팅,

　　　　 미래헝가리 양산 투자 후 첫 해 흑자 달성

2006년 노키아 최우수업체상 수상,

　　　　 투자 후 10개월 만에 유럽 최고 수율 달성

2007년 본사 신축(창원에 3개 공장 운영), 서울대학교 EBS MBA 과정 수료

2008년 미래헝가리 법인 매각(BYD에 매각)

　　　220억 투자 후 150억에 매각

2009년 Hi-P 도장 컨설팅, 이직, 하이피 천진 법인장 발령

　　　하이피(EMS 회사, 당시 매출 1조 원, 천진법인 매출 2천억 원)

2010년 3월 미래산업 법정관리 신청,

　　　　　미래산업 재입사(부사장. 관리대리인)

2011년 3월 미래산업 기업회생인가결정 및 졸업,

　　　　　M&A추진 성공 140억 투자 유치

2011년 4월 ㈜피앤텔 글로벌 마케팅 팀장(Head of Project manager)

　　　　　노키아 등록, 8개 프로그램 수주 성공

2010년 진주 산업대학교 경제학과 졸업

2012년 경남과학대학교 경영학 석사학위 취득

2013년 5월 31일 사직

쉼 없이 달려온 20년. 이제 잠시 달리기를 멈추고 나를 돌아보자. 서두르고 싶지 않다. 이제 인생 후반전을 위해 방향을 잘 잡아야 한다. 7일 동안의 홀로 여행을 통해서 잃어버린 나를 찾아보려 한다. 여행 중에 기억에 남은 일들을 기록해 보기로 한다. 지난 20년을 달려오면서 내 가슴속에 묻혀 늘 뇌리를 맴돌고 있는 기억들을 정리해보자. 내려놓자. 비우자. 새로운 것들을 채워야 하지 않는가?

잃어버린 나를 찾아 떠나는 기행

– 나 홀로 여행 7일간의 기록

1

나를 찾아 떠나는 나 홀로 여행,
첫째 날

2013-06-24 월요일, 맑음 (경남합천 전라북도 뱀사골)

회사를 그만둔 지 벌써 23일이 지났다. 일에 길들여진 마음과 몸은 불안하다. 두려움을 떨치고 나를 위한 시간을 보내보자. 홀로 며칠만이라도 여행을 떠나보려고 했지만, 농번기에 힘들어하시는 부모님 생각에 좀처럼 마음이 내키지 않았다. 지난주 토요일, 부모님의 가장 큰 농사인 양파 농사를 다 마무리 짓고 내가 도와드려야 할 일을 마쳤다. 마음이 홀가분하다.

조금은 설레는 마음으로 어제 저녁에 여행 짐을 꾸렸다. 이번 여행은 가능한 한 야영을 하면서 보내기로 마음먹었다. 비용도 걱정이

되지만 완전히 자연과 더불어 보내고 싶다.

　미래산업에서 빌린 카니발에다 텐트와 침낭, 코펠, 버너 등 혼자 야영을 하면서 필요한 도구들을 모두 차에 실어두었다. 처음으로 혼자 하는 여행 때문인지 마음이 설레어 어제저녁에는 잠을 설쳤다. 서너 시간도 제대로 자지 못한 것 같다.

　아침 일찍 휘트니스에 들러서 샤워를 하고 지하창고에서 마저 챙기지 못한 짐들을 차에 싣고 집으로 올라와 아들 현수와 간단히 아침 요기를 하고 일단 합천으로 출발했다.

　합천은 내 고향이다. 아들은 창원에서 태어나서 중학교까지 다녔는데, 시골에서 자연과 더불어 공부를 하면서 감성을 키우라고 시

13

골로 보냈다. 사실, 합천고등학교가 기숙사형 자율고등학교라 대학 진학에 유리한 점이 있어서 보낸 것이 더 큰 이유인지 모른다.

오늘은 월요일, 아들 현수는 매주 금요일 저녁에 버스를 타고 합천에서 창원에 온다. 학사에 있을 때는 2주에 한 번씩 왔는데, 요즘은 학사 공부보다 학교 공부에 더 집중하고 싶다고 학사를 그만두어서 매주 창원 집에 온다. 학사는 합천군에서 100% 지원하는 학원으로서 합천군 학교 학생 중 상위 20% 안에 들어가는 학생들만 들어갈 수 있다.

오늘은 내가 직접 데려다 주려고 마음먹었다. 창원 집에서 아침 7시 30분에 출발해서 8시 50분경 합천고등학교에 도착했다. 늘 잠이 부족한 아들이다. 창원에서 출발하면서 몇 마디 나누고 합천에 도착할 때까지 잠을 잤다. 아들을 깨워서 물 한 모금을 마시게 해서 학교로 들여보냈다.

이제 내가 계획했던 일주일간의 홀로 여행을 위해 1차 목적지로 차를 몰았다. 나의 이번 여행 목적은 크게 두 가지다. 그 하나는 잃어버린 나를 찾아라. 그리고 다른 하나는 에너지 재충전이다. 어쩌면 이것이 하나인지도 모르겠다.

일주일의 시간이 짧다면 짧고 길다면 긴 시간이겠지만 한국에서는 처음 해 보는 나 홀로 여행이라 약간의 긴장과 설렘이 있다. 나를 이해해 주고 흔쾌히 여행을 동의해준 아내가 정말 고맙다.

합천 읍내에 있는 주유소에서 61,45리터의 경유, 돈으로 105,000원
어치를 넣고 출발했다. 출발 전 카니발에 찍힌 메타는 140,237km이
다. 7일간의 여행을 마치고 집에 돌아왔을 때는 140,880Km였다(7일
간 643km를 달렸다). 나는 합천을 떠나 고령을 거쳐 102 고속도로 서
쪽을 향해 달렸다. 조금 있다가 고령을 지나서 88올림픽 고속도로
를 타게 되었다.

나의 1차 목적지는 지리산 뱀사골 자연 휴양지이다. 합천에서는
약 120km이다. 들판은 이미 모내기를 거의 다 마쳤고 벼들은 이미
땅 내음을 맡은 것같이 푸르르게 자라고 있었다. 하지만 아직 양파
농사를 다 마무리하지 않은 논들에는 붉은 양파 자루들이 즐비하
게 논을 메우고 있었다.

어제 잠을 설친 탓인지 졸음이 와서 잠시 휴게소를 들렀다. 내가
잠시 들른 휴게소는 뱀사골까지 39Km가 남은 죽산휴게소였다.

물 한 병과 가요 테이프를 하나 사고, 밖에 있는 자판기(Vending
machine)에서 커피 한 잔을 뽑아 마셨다. 아직 휴가철도 아니고 주
중이라 그런지 휴게소는 정말 한산했다. 차에서 배터리 방전이 되고
있는 신호가 계속 들어와 잠시 점검을 했지만 내가 할 수 있는 일
은 없어서 그냥 목적지로 향했다.

나는 뱀사골에서 야영을 하고 다음 날 천왕봉 산행을 계획했다.

죽산 임시휴게소

하지만 국립공원 안내원의 말에 따르면 뱀사골에서 천왕봉을 가기는 힘들고 당일 코스로 가려면 경상도 지역인 중산리나 백무동으로 가야 한다고 했다.

계획을 수정했다. 뱀사골의 계곡이 너무 좋고 다시 백무동이나 중산리로 가기는 거리가 멀어서 여기 달궁 자동차 야영장에서 머무르며 다음 날 노고단을 거쳐 반야봉까지 왕복 8시간 산행을 하기로 마음먹었다.

지난달에 구입한 4~5인용 대형텐트를 혼자 치기는 좀 버거웠지만 거의 2시간 만에 텐트를 다 쳤다. 너무 배가 고팠다. 허기진 배를 채우기 위해 가볍게 맥주 한 잔과 삶은 계란 3개로 점심 겸 때웠다. 그리고 계곡으로 내려가 너무나 맑고 차가운 물에 발을 담그고 발에 느껴지는 지리산 계곡 물의 기운을 느꼈다.

저녁 식사로는 오는 길에 지리산 농협 하나로 마트에서 구입한 오리고기와 소시지를 굽고 햇반을 데워서 먹었다. 술 한잔이 생각났다. 이 좋은 자연에 왔는데 왜 술이 생각나는지는 모르겠지만 한잔 마셔야 될 기분이었다. 조금 망설이다 폭탄주 제조를 해서 마셨다.

…… 이런 기분. 술맛이 최고다.

일을 할 때는 술을 참 많이 마셨다. 하지만 늘 부담을 안고 마시는 술이기에 질보다는 양이다. 술맛은커녕 취하는 게 더 목적이었는지 모른다. 스트레스가 담기지 않는 술맛은 평소에 20개의 폭탄에도 취하지 않는 내 몸을 단 두세 잔에 흔들어 버렸다.

계곡 물소리, 바람소리, 새소리, 아무에게도 방해받지 않는 저녁, 이런 기분은 참으로 나를 여유롭게 만들었다. 얼큰하게 취했지만 그냥 자기에는 밤이 너무 아까워 야영지에서 10분 거리에 있는 달궁 마을까지 걸어서 갔다 와서 오늘의 여정을 정리했다.

계곡의 밤은 빨리도 찾아 왔다. 공해 하나 없는 밤 공기는 차갑다. 내일은 노고단 정상까지 갔다가 다시 반야봉까지 왕복 8시간 산행을 하고자 계획하고 있다. 여기서 1박을 더 해야겠다. 잔잔히 들려오는 계곡 물소리를 자장가로 잠을 청해 보자,

내일은 나를 찾을 수 있을랑가 몰라! 내가 누고?

달궁 자동차 야영장 앞 뱀사골 계곡

잃어버린 나를 찾아 떠나는 기행

달궁 자동차 텐트 야영장

○● 달궁의 유래

기원 전 350년, 마한의 별궁을 짓고 머물렀다 해서 붙여진 지명으로 보거나, 『용성지』에 의하면 진한의 내습을 막고자 정령치와 황령재에 성을 쌓아 71년간 성을 지켰다는 기록이 있다. 원래 달궁은 달의 궁전이라는 의미였으나 지금은 궁이 나온다는 의미의 달궁(達宮)으로 기록하고 있다.

#2

나를 찾아 떠나는 나 홀로 여행,

둘째 날

2013-06-25 화요일 흐림, 비 (전라북도 뱀사골)

아침 일찍 들려오는 새소리와 물소리를 들으며 잠을 깼다. 요즘 들어 느낀 것이지만 새벽 5시 새들은 가장 요란스럽게 울어댄다. 어제 마신 폭탄주로 인해서인지 몸이 개운하지는 않았다. 날씨는 조금 흐리다. 세수를 하고 산을 오를 준비를 했다. 계란 여섯 개를 삶아서 배낭에 넣고, 물 세 병, 초코파이, 육포 등 먹거리와 옷가지를 같이 챙겼다.

아침은 간단히 라면땅(내가 개발한 간편 신속한 라면으로 숟가락으로 떠서 먹는 장점이 있음)으로 때우고 차를 몰아 성삼재로 향했다. 평일이라 사람들이 그리 많지 않았다. 이전에도 가족들과 두 차례 와 보았지만, 주말이면 늘 많은 사람들로 북적대는 곳이다.

성삼재에서 무넹기(2.5km, 50분) - 무넹기에서 노고단 대피소
(1.0km, 30분) - 노고단 대피소에서 노고단 재를 지나 피아골 삼거리
(2.8km, 1시간 15분) - 피아골 삼거리에서 임걸령(0.4km, 15분) - 임걸령
에서 반야봉(2.3km, 2시간 10분)

나는 성삼재에서 반야봉까지 왕복 약 8시간 산행 코스를 계획하
고 입산을 했다. 맑은 공기와 새들의 지저귀는 소리들, 여기저기 예
쁘게 피어 있는 꽃들, 특히 유월에 피어나는 야생 목련을 너무 아름
다웠다.

대학생쯤으로 보이는 남학생 2명이 나를 앞질러 갔다. 나의 산행
경험에 비추어 보면 "저 친구들은 저런 속도로 산을 오르면 1시간도
못되어 지칠 것이다"라고 생각했고 내 생각은 맞아 떨어졌다.

길을 걷는 동안 생각 버리기 연습을 했다. 잠시 내 모든 감각을
듣는 데 집중해 보기로 한다. 나의 발소리와 새들이 지저귀는 소리,
바람소리, 물소리가 너무나 선명하게 들려왔다. 새들은 다양한 소리
로 지저귀었다. "끼우끼우끼우" "지지베베베" "쩨에쨱" "쩌억쩌억" "우
~루루루 욱" 글로 표현하기 어려운 소리들도 많다. 이렇게 듣는 데
집중하는 동안은 어떤 잡념도 들지 않는다.

나의 발소리에 길가에 핀 꽃 위에서 사랑을 나누던 호랑나비 한 쌍이 훌훌 날아 올랐다. 자연의 소중함을 잘 몰랐을 적에는 산에 오르면 무조건 떠들썩하게 "야호" 하고 외쳤는데 이제 깨닫는다. 산은 조용히 왔다가 조용히 내려가는 것이 이 대자연의 고마움에 대한 작은 배려라는 것을……. 잘못하다간 산에 있는 악신이 나에게 옮겨 붙을지도 모를 일이다.

약 1시간 30분쯤을 걸어서 노고단 대피소에 도착했다. 지리산 노고단 마지막 화장실에 들러 뒷정리를 하고 다시 노고단 재로 향했다. 나의 최종 목적지가 반야봉이므로 오늘은 노고단 정상에는 오르지 않았다.

노고단 재에 올라서 잠시 휴식을 취하고 있으니 젊은 두 친구가 도착했다. 전화기 카메라로 사진 한 장을 찍어 달라고 부탁했고 나도 사진을 찍어 주었다.

나는 잠시 휴식을 취한 뒤 반야봉 쪽을 향해 걸었다. 여기서부터는 한 명 혹은 두 명이 가까스로 걸을 수 있는 좁은 산길이다. 나는 등산화를 신지 않고 일반 운동화를 신었기에 돌을 디딜 때면 많이 미끄러워 조심해야 했다.

노고단에서 한 시간쯤 걸었을 때, 천왕봉 방향에서 몰려오는 안개가 산을 다 덮어 버렸다. 5m 앞도 보이지 않을 정도로 짙은 안개

노고단 재

였다. 혼자 걷는 산행이기에 사실 좀 무섭기도 했다. 여기저기 곰 발
자국들과 이상한 새 울음소리, 세상에 나 혼자 있는 기분이 들었다.

전화가 걸려왔다. 후배다. 여행 기간 동안은 전화를 받지 않으려
했지만 두 번씩이나 울려대는 전화를 무시할 수는 없었다. 어제 저
녁에 혼자 캠핑장에 있으면서 적적해서 해병대 모임 밴드에 뱀사
골 계곡 사진과 글을 올려 놓았더니, 후배가 하룻밤만 같이 있으면
서 나와 터놓고 이야기를 하고 싶다고 해서 그러라고 했다. 이번 여
행에서는 아무한테도 방해받지 않고 홀로 여행을 해 보려고 했지만

후배의 심정을 조금은 이해를 해서 같이 저녁을 하기로 했고, 후배는 오후 5시까지 도착하겠다고 했다.

피아골 삼거리를 지나 임걸령에 도착해서 잠시 휴식을 취했다. 준비해온 삶은 계란과 맥주 한 캔 그리고 초코파이로 점심 요기를 겸했다. 쉬면서 시간 계산을 해 보았다. 지금부터 2시간을 걸어 반야봉까지 갔다가 오면 다시 하산할 쯤에는 이미 오후 5시나 6시가 될 것이다. 날씨로 봐서는 비가 올 수도 있고 신발 상태로 볼 때에는 자칫 사고가 날 수도 있다. 그래서 오늘은 욕심을 버리고 여기서 방향을 돌리기로 했다. 욕심을 버리고 마음을 돌려 먹고 나니 한결 부담이 줄었다.

잠시 뒤, 그 두 젊은 사람이 도착했다. 우리는 정식으로 인사를 나누고 나는 초코파이를 나눠먹었다. 이 두 젊은 친구는 포항에서 왔는데 한 학생은 군대를 제대하고 복학을 준비하고 있고, 다른 학생은 학교를 그만두고 다른 공부를 하고 있다고 했다. 두 학생은 2박 3일 코스로 천왕봉 종주를 계획하고 있었다.

문득 옛날 생각이 들었다. 24살, 정말 좋은 나이다. 나도 24살에 제대를 하고 친구 안상근이랑 그해 7월에 지리산을 오른 적이 있다. 우리는 대원사에서 천왕봉으로 오르려 계획했었다. 1994년 그때는 정말 큰 태풍(아마 사하라 태풍)으로 인해 지리산에서도 많은 사람들이 사고를 당했다.

　제대를 하면서 선배 해병과 1994년 7월 마지막 날 지리산 천왕봉에서 만나자는 약속을 했었고, 천왕봉에서 만나기 전까지는 어떤 연락도 하지 말자는 약속을 하고 제대를 했다. 나는 약속을 꼭 지키고 싶었기에 기필코 산을 올라야 했었다. 그때만 해도 기합이 꽤 들었었나 보다.

　워낙 사고가 많아서 소방대원들이 극구 등산을 말렸지만 우리는 강행을 했고, 대원사에서 7km 정도 떨어진 계곡에서 야영을 했었다. 지금 생각하면 정말 무모한 짓을 했었다는 생각이 든다.

　그날 저녁 상근이와 나는 그 동안의 군대 이야기, 앞으로 계획 등을 이야기하며 정말 술을 많이 마셨다. 덕분에 다음 날 정말 힘들게 일어났고 나는 밥을 짓기 위해 계곡으로 갔다. 그런데 계곡에서 쌀을 씻다가 너무 놀라 넘어질 뻔했다.

　계곡의 돌과 돌 사이에 뭔가 끼어 있는데, 자세히 보니 시신이었다. 며칠 전 태풍으로 인해 사고를 당한 듯한데 구조대가 찾지를 못한 모양이다. 우리는 구조대에 그 사실을 알렸다.

　우리는 밥 먹을 마음도 없었기에 그냥 산을 올랐다. 한참을 걷다 상근이가 오바이트를 하고 너무 힘들어 해서 나는 두 개의 배낭을 메고 산을 오를 수밖에 없었다. 어느 정도 길을 가다가 상근이는 다시 컨디션을 되찾았고, 우리는 오후 2시쯤에야 천왕봉에 도착할 수 있었다. 하지만 해병 선임을 만나지는 못했다.

그때는 정말 힘든 줄을 몰랐다. 쉽게 말해서 날아다녔다고 할 수 있다. 지금은 내 몸 하나만 가지고도 등산하기 힘든데 그땐 정말 열정과 패기가 넘쳤다. 상근이는 졸업 후 몇 년 뒤 미래산업에 입사하여 제조 책임자를 맡아 상무직급까지 근무를 하다가 회사의 상황 때문에 퇴사를 했고, 지금은 작은 중소기업의 사장이다. 내 여동생과 결혼도 해서 사내아이 둘을 놓고 잘 살고 있다.

당시 우리는 우리의 미래에 대한 어떤 뚜렷한 목적이나 구체적인 계획이 없었지만 이 세상 어떤 일이든 나에게 주어지는 무엇이든 할 수 있겠다는 에너지가 있었다.

나는 행정학과를 다니고 있었고 대학을 마치면 경찰행정 시험을 보려는 계획을 가지고 있었다. 그러던 중 미국에 있는 삼촌의 권유로 미국에 가서 정착해보기로 마음먹고 미국 비자 신청 준비를 했었다. 그 당시에는 미국 비자를 취득하는 것은 가진 것 없는 사람들한테는 하늘의 별 따기만큼 힘든 것이었다. 보름 가까이 서류 준비를 하고 미국대사관 앞에서 꼬박 하루 동안 줄을 섰고 마침내 15일의 준비 끝에 인터뷰를 했다.

인터뷰 시간은 1분도 채 되지 않았고 면접관은 한 마디 질문도 하지 않은 채 서류만 보고 "No. You are not acceptable. 넌 갈 수 없다."라고 했다. 나는 정말 황당했다. 이유를 물었더니 나는 미국에 유학을 가면 바로 불법체류를 할 사람이라고 했다. 솔직히 그들의 말은 사실이었다. 사실 나는 불법이든 편법이든 미국에서 체류하며 살려고 했었다. 이것은 내가 준비한 서류에서 이미 눈치챈 것이다.

가장 큰 문제는 내가 아직 학생 신분이고 나를 보증할 최소 2,000만 원 통장 잔고 보증이 없기 때문이었다. 당시 나의 직계(아버지, 누나, 형) 가족 전체 통장 잔고는 200만 원 정도로 기억된다. 여동생은 고등학생 신분이었다. 돈이 없어 미국을 못 간다는 사실이 젊은 나에게는 너무나 서러운 일이었다.

나는 마산으로 오는 무궁화를 타고 제일 뒤 칸에서 철로를 보며 흘러 내리는 눈물을 닦으며 결심했다.

'나 스스로 미국 갈 힘을 키우기 전까지는 절대 미국을 가지 않으리라, 돈이 없는 내 부모 형제를 원망하지 않으리라.'

나는 내 의지로 1억 3천 대 1의 경쟁력을 뚫고 태어났는데 어찌 부모를 원망하리. 논 서 마지기로 4남매 뒷바라지를 하신 부모님의 힘든 삶을 내가 아는데. 돈이 없어 고등학교만 겨우 졸업해서 취직한 지 얼마 되지 않았던 형인들 뭐 돈이 있었을까.

다시 한 번 마음속으로 굳게 결심했다.

'내 자식들에게는 이런 아픔을 주지 않으리라. 나는 꼭 한국에서 성공하리라.'

졸업을 하고 자취를 하면서 토목회사에 다니면서 공부를 하고 있었다. 형이 사업을 하려고 마음을 먹었지만 자금이 부족했었다. 나는 내 자취방 전세금 500만 원을 형이 회사를 인수하는 데 보태었고 창립 멤버로 입사를 했다. 나는 결혼한 지 얼마 안 되는 형의 20

평 남짓 안 되는 신혼집으로 여동생과 들어갔다. 방 2개 중 큰방은 형님네, 작은방은 여동생, 나는 거실에서 커튼을 치고 지냈다.

그로부터 9년 뒤, 우리는 연 매출 300억의 회사를 만들었고, 나는 부사장의 직위에 오른 2003년 당당히 미국 보스턴에서 9개월의 어학연수를 마쳤다. 미래산업은 2007년 600억 정도의 매출을 올렸다.

24살, 그때는 겁 없고 무엇이든 할 수 있다는 에너지가 온몸을 차고 넘치던 때였다. 나는 아직도 지금의 내가 그때의 에너지 넘치는 젊은 청춘인 줄로 착각하고 있다.

내가 벌써 20년 가까운 시간을 보냈단 말인가? 세월이 참으로 빨리도 흘렀다. 나는 이미 인생의 반을 태워버린 양초인데, 나의 마음은 아직 처음의 그 열정만 가지고 있는 듯하다. 그래서 지치는지 모른다. 그래서 나를 잃은 기분이 드는지도 모른다.

어쩌면 나를 찾는 길은 내가 온전한 양초가 아닌 이미 반쯤 타 버린 양초임을 인식하는 것과 같이 현재의 내 위치를 냉정히 인정하고 다시 꺼져버린 심지에 활활 타오르게 하는 불을 붙이는 열정과 에너지는 채우는 일이 아닌가 싶다.

산을 내려오니 오후 2시쯤 되었고 빗방울이 떨어지기 시작했다. 큰 산맥을 넘으려 안간힘을 쓰는 흰 구름 떼의 모습은 정말 장관이 아닐 수 없었다.

성삼재를 넘으려는 구름의 모습

텐트에 도착했을 때 비가 제법 내렸고 후배가 도착을 했다.

후배는 식재료 유통업을 하고 있다. 일반 생활에서 쉽게 먹을 수 없는 맛있는 먹거리를 많이 가지고 왔다. 빗소리와 더불어 각종 안주를 준비해 놓고 우리는 소주에 얼음을 타서 독하지 않게 마셨다. 한 잔 한 잔 더 마실 때마다 나는 후배를, 후배는 나를 알아가는 좋은 시간이 되었다.

20만 원으로 산 리어카에서 고구마 장사부터 피자 집, 그리고 창원에서 제일 큰 식재료 유통업까지 그가 걸어온 길도 파란만장했다. 그러던 중 불행하게도 믿었던 사람에게 돈을 떼이고 결국에는 30억 부도를 맞고 신용불량자가 되었다.

많은 어려움이 있었지만 그는 자신을 조금씩 추스르고 다시 식재료 유통을 시작하고 있었고, 다시 자신의 꿈을 향해 뛰려고 하고 있었다. 하지만 쉬운 일은 아니다. 분명한 꿈이 있지만 현실은 그렇게 호락호락하지도 않고 현재 본인의 입장이 힘든 것도 사실인 것 같다. 후배에게도 돌파구가 필요해 보였다. 나와 비슷한 입장인 것 같았다.

내가 해줄 수 있는 일은 그저 이야기를 들어주는 것이고, 작은 나의 경험을 참고삼아 이야기해 주는 정도이지 후배에게 큰 힘이 되어 주지는 못했다. 결국 후배의 길은 후배 스스로 개척할 수밖에 도리가 없다.

한참을 이야기하고 있는데, 전화 한 통이 걸려왔다. 서울 여의도

이트레이드 증권회사에서 근무하는 김 부장이다. 오늘 낮에 두 번이나 전화가 왔었지만 나는 "중요한 업무상 내용이 있으시면 문자나 email을 남겨 주시면 연락 드리겠습니다"라는 문자를 남기고 전화를 받지는 않았다. 아무한테도 방해받고 싶지 않았기 때문이다. 김 부장이 왜 나를 찾는지 안다. 사실은 지금 당장 내가 필요한 중요한 일은 아니지만 그도 의논 상대가 필요했다.

내가 글로벌 마케팅 임원으로 근무하다가 사직한 P사와 핸드폰 EMS사업에 관심이 있는 W사의 ○○○억원 규모의 인수, 합병 프로젝트가 있는데, 내가 제조에 경험이 있고 또한 P사를 잘 알고 있으니 내가 개입이 되어서 이 프로젝트를 지원해 달라는 것이다. 하지만 지금의 내 입장으로서는 이런 일에 관여하는 것이 많이 부담스럽다.

3년 전 내가 힘들 때 많이 도와준 분이라 당연히 반갑게 받아야 할 전화지만 솔직히 나는 아직도 2010년의 힘들었던 기억으로 인해 가슴 한구석에 작지 않은 상처가 남아 있다.

2010년 3월, 내가 하이피라는 싱가포르 회사의 중국 천진 법인장을 그만두고 북경 청화대에서 중국어 어학연수를 받고 있을 때였다.
당시 나는 하이피에서 임원 시험에서 높은 점수를 받았고 실적이 좋았기 때문에 스톡옵션도 적지 않게 받았었다. 스톡옵션은 당시 가치로 2억 원 정도 되었는데, 3년 이상 근무를 해야 매매가 가능하고 효력이 발생하는 조건이었다. 하지만 미래산업이 기업회생 신청에 들어갔다는 소식을 듣고 도저히 일이 손에 잡히지 않아 회사를 그만두게 되었다. 나를 믿고 회사를 맡겼던 회장님께 적지 않은 실망을 안겨 드렸지만 나에게 중요하고 급한 우선 순위는 미래산업과 가족들에게 힘이 되는 것이었다.

나는 지난 18년간 형을 형이라고 부르지 않았고 사장님으로 불렀다. 업무적인 관계에서 명확한 선을 가져가기 위함이었다. 이 글에서는 미래산업 사장님을 형이 아닌 사장님으로 호칭하기로 한다.

나는 바로 한국으로 들어오지 않았고 사장님의 권유로 중국에서 미래의 상황을 더 지켜보기로 했다. 그러던 어느 날 한국에서 전화한 통이 걸려 왔다. 형님이었다. "북경에 황사가 심해 공기도 좋지 않을 텐데 그만 한국으로 오는 게 어떻겠느냐"고 했다. 나에게는 글로벌 기업에서 더 많은 것을 경험하도록 하고 어려운 회사 상황은 어찌 되었든 사장님이 해결해 보려는 배려가 있었다. 하지만 이렇게 전화를 한 사장님의 속뜻이 무엇인지 나는 금방 알아차렸다. 자존심이 강한 형이 아끼는 동생에게 어렵게 결정해서 전화를 했고, 한국에 와서 힘을 보태라는 SOS를 보내는 것이었다.

나는 그날 바로 학교를 정리하고 한국행 비행기를 타고 입국을 했다.

김해 공항에 내려 ATM기에서 현금을 찾으려고 했지만 돈은 나오지 않고 작은 종이에 알림이 있었다. "귀하는 00은행에 60억 보증채무가 있고 이로 인해 은행은 당신의 예금을 가압류한다"는 것이다. 상황은 내가 생각한 것보다 심각한 수준임에 틀림이 없었음을 감지하게 되었다.

나는 2010년 3월 27일 귀국을 했고 그날 공항에 내리자마자 회사로 향했다. 나는 이미 귀국하면서 "나에게 최악의 시나리오는 개인파산을 하게 될 것이고, 나는 가족들과 창원 외곽에 작은 전셋집을 얻고, 더 낮은 자세로 일단 향후 10년을 구상하면 된다."라고 마음먹었다.

아내는 늘 나에게 힘이 되어 주었다. "당신은 뭐든지 할 수 있으니 걱정하지 않는다. 단칸방에서 살던 신혼 때를 생각하면 지금 다시 시작해도 자신 있다." 아내의 이 말은 가장 큰 힘이 되었었다.

우선 회사의 현황을 파악해야 했다.

회사의 사정은 최악이었고 직원들의 마인드는 내가 함께 만들고 내가 알던 최고의 파이팅 넘치는 미래산업이 아니었다. 직원들에게서 큰 애사심을 느낄 수가 없었다. 직원들에게 줄 급여도 운영 자금도 거의 바닥이 난 상태였다. 가장 심각한 것은 회사는 마치 항로를 잃어버린 배와 같이 중심을 잡지 못했고, 직원들은 모두가 의욕을

상실했다는 것이었다. 하지만 직원들을 탓할 순 없었다.

다음 날 재무를 담당하고 있는 김 전무께 요청해서 이번 기업회생을 위해 계약한 변호사를 만나려고 했지만 만나지 못했다. 지방에는 보통 변호사는 얼굴마담이고 사무장과 실장이 일을 다 한다고 하면서 결국 변호사는 만나지 못했고, 나는 두 사람을 터미널 근처에 있는 해궁횟집에서 만났다. 지금까지 진행사항과 이 상황에 대한 두 사람의 생각을 들었다.

당시 미래산업은 담보채권, 비 담보채권, 상거래 채권까지 합하여 총 250억 규모의 채무가 있었다. 대표이사와 나는 각각 200억의 보증채무가 있었고, 형수와 아내 그리고 김 전무도 각각 7억에서 15억 가까운 보증채무를 지고 있었다.

사무장과 김 실장은 단 하나의 의견과 예견된 결론만 가지고 있었다. 내년 2011년 2월 법정 기간까지 갈 수도 없다는 것이다. 법원에서 기업회생신청을 심의하겠지만 절대 받아들여지지 않을 것이라고 말했다.

본인들의 경험에 의하면 이런 경우에는 최대한 빨리 법인 파산과 보증인들 개개인도 개인 파산을 신청해야 개인적인 보호를 조금이라도 받을 수 있다는 것이었다.

나는 조급해하지 않았다. 어차피 최악의 상황을 맞이할 것이면

해 볼 수 있는 데까지 해 보아야 한다는 생각이었다. 이 일은 서둘러 될 일이 아니었고 정확하게 상황을 판단하고 대책을 세워야 한다고 판단 했다.

제일 먼저, 나는 하루를 꼬박 걸려 일명 반성문을 스스로 작성했다. 왜 이런 지경에까지 이르게 되었는지에 대하여 정리해볼 필요가 있었다. 회사 창립부터 성장까지 오로지 회사 일에만 몰입해서 내 젊은 20대, 30대를 다 바친 곳이다.

우리는 정직하게 일했고 고객의 신뢰도 받았다. 있는 사람들이 고급 룸살롱에서 접대할 때, 상머슴과 같이 일했고, 몸으로 뛰면서 접대를 했고, 최고의 기술획득을 위해 사장과 직원들이 똘똘 뭉쳐서 일을 했다. 공장 바닥에서 밤을 지새운 적도 적지 않았다. 직원들은 정말 성실히 일했고 매년 성장에 성장을 거듭해 왔었다. 직원들이 출근하고 싶은 회사, 핸드폰 비즈니스 세계에서 best가 되고자 꿈꾸며 쉬지 않고 달려 이룬 회사였다.

왜 이런 최악의 경우를 맞이하게 되었는가? 나는 스스로 반문하고 내가 생각하는 대로 그 동안의 성장 과정과 실패의 원인을 정리했다. 매출 1조 원이 넘는 대기업에서의 경험은 실패 원인을 정리하는 데 큰 도움이 되었다. 한국 중소기업의 경영 전략과 글로벌 기업의 경영 전략은 많이 달랐다. 물론 한국적인 비즈니스 환경과 다른

부분이 없지 않지만 당시 대부분의 기업들도 작게 시작해서 성공한 경우들이었다. 우리는 더 영리하게 당시의 상황에 대처할 필요가 있었다. 다음에 기회가 된다면 이 부분은 더 상세하게 정리하고자 한다.

나는 사장님과 논의하여 법원에 관리 대리인의 지휘를 요청하여 미래산업에 대한 모든 권한과 책임은 내가 가지고 리딩을 하기로 했다.

나는 안다. 누구보다 가슴 아파할 사람은 사장님이었다. 그의 뚝심과 덕의 경영은 직원들이 신심으로 일하도록 만들었다. 하지만 경영 실패의 결과는 냉정했다. 우산을 받쳐주던 은행들은 모두 돌아섰다.

감정에 젖어 있을 때가 아니었다. 사장님은 다른 솔루션을 찾아보면서 후방 지원을 철저히 하기로 했고 또 실제로 나를 믿고 적극적인 지원을 해 주었다.

이미 업계에서는 미래산업이 J사에 넘어갔느니, 완전 망했느니 등등 안 좋은 소문만 무성했고, 직원들도 거의 포기 상태였다. 그동안 만들어 왔던 A.A.A OK 정신은 어디에서 찾아 볼 수 없었다. 이런 소문은 경영을 더욱 악화시켰다.

회사의 현금은 한 달, 어쩌면 겨우 두 달을 근근이 버틸 수 있는 정도밖에 없었다. 재무를 담당했던 김 전무님도 정말 고생이 많았다. 이 어려운 상황을 어떻게 하든 하루를 더 버텨보기 위해 자기가 할 수 있는 일은 뭐든지 다했고 나의 후방 지원을 든든히 해 주었다.

일단 기업회생 신청이 받아들여져야 1년이란 시간을 벌 수 있다. 기업회생 신청 초안은 ○○회계 법인에서 했지만 기업조사서 작성 및 감사보고서 작성은 삼일 회계법인에서 법원으로부터 위임을 받았다.

나는 신속히 삼일 회계법인 김 이사를 만났다. 그리고 김 이사에게 내가 정리했던 반성문을 보여주고 기회만 주어진다면 반드시 회생시킬 수 있다는 확신을 심어 주었다. 나의 진심이 전달된 듯 김 이사도 영 가망성이 없는 것은 아니라고 하면서 감사보고서를 감사한 대로 있는 그대로 잘 쓰도록 하겠다고 약속했다.

며칠 뒤 법원에서 기업회생 신청 심사결과 개시 결정이 받아들여졌다고 법원으로부터 통보가 왔다. 됐다. 이제 1%의 가능성을 찾았다. 희망이 느껴졌다. 변호사 사무실의 실장과 사무장은 왜 기업회생 개시 결정이 받아들여졌는지 의아해했다.

하지만 그들의 생각은 변하지 않았다. "기업회생 개시 결정이 되었다고 해서 인가가 될 수는 없다"고 하면서 지금이라도 빨리 파산 신청에 들어가라고 의견을 제시했다. 어려운 회사 형편에 변호사 사무실에 준 계약금과 수고비가 적지 않았다. 그런데도 회생의 가능성을 찾아 보기는커녕 회사 파산, 개인 파산만 고집했다. 나는 판단을 내려야 했다. 이 변호사는 나를 도울 수 없다. 그들의 수준은 여기까지구나, 라고 생각하고 마음을 접었다.

어렵지만 이제 회사를 이 상황에서 할 수 있는 최대한 정상화시켜야 한다. 몇 개월 가지 않아 운영비가 없어서 스스로 파산을 할 수밖에 없다는 이야기가 파다했다. 하지만 포기할 수 없었다. 그 어떤 부정적인 이야기도 받아들이지 않기로 마음먹고 최대한 비용을 줄이고 이익을 만드는 구조를 만들어야 했다.

그동안 많은 구조 조정과 원가 절감 활동을 한 것으로 알고 있지만 내 눈에는 아직도 불필요한 비용이 새고 있는 것이 보였다. 회사의 운영에 반드시 필요하지 않은 비용은 모두 다 없애라 지시했고, 나도 내가 타던 그랜저 승용차를 처분하고 회사 영업용으로 타던 카니발 승합차를 몰았다.

회사를 정상화시키기 위해서는 직원들의 도움이 절실히 필요했다. 그동안 쉬쉬해왔던 회사의 사정을 직원들에게 공유해야겠다고 마음먹었다.

모두가 알아야 한다. 그리고 우리 모두는 같은 현실감을 가지고 움직여야 한다. 미래인들이 그렇게 약한 정신을 가지고 있는 직원들이 아니라고 믿었다. 같이 힘을 합쳐 일할 의지가 있는 직원들이 필요했다. 사원들의 도움이 없이는 절대 해결할 수 있는 일이 아니었다. 진정 직원들을 가족과 같이 생각하고 직원들도 진정 회사를 자신의 회사로 생각한다면 이런 소통과 공유가 더 큰 힘을 발휘할 것임을 나는 믿었다. 우리는 다시 A.A.A. OK 정신이 필요했다.

말은 하지 않았지만 많은 사원들이 업무 환경에 대한 불만이 있었음을 알았다. 경영 혁신, 말 그대로 가죽을 벗겨내는 각오로 변화를 주어야 한다. 가장 중요한 것은 직원들과의 소통이었다.

나는 직원 모두에게 단 한 줄이라도 좋으니 회사 정상화와 원가 절감에 필요한 일, 업무의 편리에 필요한 것들을 적어서 제출하도록 요청했다. 이것은 직원들과 공감대를 형성하고 소속감을 갖게 하는데 매우 중요한 역할을 했다.

당시 회사는 돈이 없었기에 제안을 제출한 모든 직원들에게 하나의 제안에 천 원씩을 지급하도록 했다. 그 제안의 내용이 회사에 대한 불평불만이라도 지급했다. 정말 좋은 제안을 한 직원들에는 삼천 원을 지급했고, 그 내용들은 가능한 한 모두 반영해서 개선토록 했다.

직원들의 마음을 하나로 모으는 가장 좋은 방법은 그들의 이야기를 들어주는 것이다. 사실 직원들이 원하는 것은 모두 생산 원가 혁신과 생산성 향상에 도움이 되는 것이 대부분이며 불평불만도 아주 작은 것들이었다.

모두가 다 협조적인 것은 아니었다. 눈치만 보면서 자신의 위치만 차지하고 있는 직원들, 생각이 완전히 나태해진 직원들은 면담을 했고, 면담을 해도 안 되면 그 누구를 막론하고 회사를 떠나도록 권장했다.

그들은 훌륭한 직원들이었고 미래산업이 그동안 성장하는 데 많은 공헌을 한 사람들이었다. 그들을 떠나 보내는 마음은 정말 서운했고 아팠다. 함께 꿈을 키워온 동료들이었기 때문이다.

하지만 나는 더욱더 독해져야 했다. 그래야 남은 직원들과 회사를 살릴 수 있기 때문이다. 다행히 회사를 그만둔 직원들 중 많은 인원이 삼성, LG, 중견 기업 등 좋은 기업에 많이 들어갔다.

회사는 빠르게 바뀌어갔다.

아침 8시 30분에야 출근하던 관리자들이 예전처럼 아침 7시 30분에 출근해 스스로 회의를 하고 회사를 살리려는 의욕을 보여 주었다. 조직은 다시 정비되었고, 한 달 만에 회사는 다시 의욕을 찾는 듯했다. 일인 2역 3역을 주문했고 우리는 매일 파이팅을 외쳤다.

"포기하지 말자. 그 어느 누가 회사를 방문해도 살아 있는 회사의 모습을 보여야 한다. 어항에 있는 고기도 팔팔하게 살아 있어야 가치가 있고 관심을 받게 되는 것이다. 만약 누군가 투자를 검토하기 위해 회사를 방문한다면 직원들의 살아 있는 모습은 가장 큰 투자 요건이 될 것이다" 직원들은 기꺼이 믿고 따라 주었다. 내가 기대했던 것보다 빨리 조직은 정비되었고 직원들도 다시 뭉쳤다.

이제 고객들을 설득해야 한다.

적자 모델을 계속 주면서 가격 네고를 요청하는 고객은 찾아가 단가 협상을 했고, 협상이 안 되면 과감히 양해를 구하고 백업이 준비되면 적자 모델과 적자 거래처를 정리해 나갔다. 제조경비를 줄여야 했다.

반드시 거래가 지속되어야만 매출과 이익을 올릴 수 있는 고객은 찾아가서 협상을 했다. 협력사에게 양해를 구하고 대금 지급이 조정과 단가 인하를 요청했다. 협상을 하다가 안 되면 구걸도 해야 했다.

한번은 이런 일이 있었다.

경기도에 있는 A사에 새로 사장이 왔는데, 미래산업과 거래를 하지 말라는 지시를 했다는 것이다. 당시 A사는 우리 매출의 50% 이상을 차지하고 있었고 노키아의 '달리'라는 모델을 수주할 경우, 연매출 200억 이상을 기대 할 수 있는 고객사였다.

이 업체와의 거래는 반드시 성사시켜야 했다. 여러 경로를 통해서 알아보니, 새로 부임한 사장이 과거에 코리아 잉크(한국에 있는 주요 노키아협력사 단체) 시절에 미래산업과 이런저런 이유로 감정이 좋지 않다고 했다. 많은 오해가 있는 듯했다.

나는 박 사장이라는 분의 이름이 귀에 익었다. 하지만 얼굴은 잘 기억이 나지 않았다. 하루는 박 사장에게 서울에서 만날 것을 제의했고, 박 사장은 승낙을 했다. 당시 나는 마침 서울 강남에서 투자사와 미팅이 있었다. 나는 박 사장과 횟집에서 만나기로 했고, 30분 먼저 도착해서 기다리고 있었다. 나는 주방장에게 최대한 정성껏 음식을 차려달라고 부탁했다.

잠시 뒤 박 사장이 도착했는데 우리는 잠시 서서 멍하니 서로를 바라 보았다. 그의 얼굴을 보는 순간 너무나 반가웠다. 박 사장의 이름은 알고 있었지만 얼굴은 가물가물했었는데, 얼굴을 대면하니 확실히 알 것 같았다. 그와 6~7년 전에 핀란드 출장에서 만난 적이 있었는데, 내 기억에는 그는 당차고 자존감을 가지고 일을 하는 사람이었다. 저 깊이 박혀 있던 좋은 이미지가 떠올랐다.

박 사장도 나에 대한 이미지가 나쁘지는 않았는지 반갑게 맞아주었다. 일단 일 이야기는 접어 두고 그간의 이야기를 주고받았다. 우리는 모든 것을 열고 서로에게 있는 오해를 하나하나 풀어 나갔다. 나는 모든 것에 대해서 진실로만 대했다. 그는 나의 말을 믿어 주었고 이야기를 하느라 우리는 안주에는 손도 대지 못한 채 폭탄주만 10잔째 마시고 있었다.

어느 정도 분위기가 무르익었을 때 나는 그의 진심을 보았고, 나는 박 사장에게 단도직입적으로 회사의 사정 이야기를 하고 도와

달라고 사정을 했다. 나는 반드시 가격, 품질, 기술, 납기에 대해 타사보다 경쟁력 있는 협력사가 될 것을 약속했다. 동등한 기회를 주어서 떨어진다면 다른 말을 하지 않겠다, 다만 다른 회사와 똑같은 기회를 달라고 했다. 그는 내 부탁을 받아주었다.

"오늘 이 시간 이후로 나는 당신을 형님으로 모실 것이다. 그러면 당신은 세상에서 제일 멋진 동생을 얻을 것이지만 만약 당신이 나의 청을 받아 주지 않는다면 당신은 세상에서 가장 강한 적군을 만들게 될 것이다" 우리는 웃으면서 술자리를 마쳤고 박 사장이 계산을 했다. 이후 미래산업은 동등한 기회를 얻었고 'A'사는 우리를 전략적 파트너로 지정했다. 그분은 지금 나와 무엇이든 의논하는 친한 사이가 되었다.

이제 투자자를 설득해야 한다.

예상은 했지만 투자자들의 반응은 싸늘했다. 나도 투자 유치 설명회가 처음이라 많이 주눅도 들고 힘들었다. 어느 누가 기업회생에 들어간 회사에 투자를 할 것인가. 그것도 이 불경기에 도장(painting)만 하는 회사에 누가 투자를 하겠는가.

어떤 투자 회사에서 회사 브리핑을 하는데, 도장(painting)이라고 했더니 인감도장도 파주냐며 빈정거렸다. 그래도 포기하지 않았고 미래에셋증권, 키움인베스터먼트 등 굴지의 투자사들을 찾아 다녔다. 그들이 요구하는 자료를 하나하나 만들어 주었다.

당시 가장 큰 도움을 준 사람은 L&S 벤처 케피탈의 장동식 대표와 이트레이드 증권의 김원유 부장 그리고 프리랜서로 일하면서 모든 구조를 잡아 준 김OO 이사였다. 그들이 없었다면 시작도 못했을 일이었다.

김OO 이사의 논리로 보면 90억만 있으면 250억 부채를 모두 해결할 수 있다는 것이다. 믿기지 않았지만 믿었다. 그리고 그들이 필요로 하는 증빙 자료를 만들어 주기 위해 나는 내가 할 수 있는 모든 일을 다해야 했다. 만약 최악의 상황을 맞더라도 이것은 나에게 큰 공부고 경험이다, 라는 생각에 더욱더 포기하지 않고 최선을 다했다.

그때 마침, 노키아 본사 팀들이 한국을 방문했다. 노키아에서 필요한 기술을 한국에서 찾으러 방문한 것이다. 나는 자청해서 호스트를 맡았고 노키아 일행을 데리고 창원 업체 방문을 마쳤다. 저녁식사 자리에서 나는 까리힐터넨(노키아 기술 책임자)에게 현재 미래산업의 상황을 알려주면서 이번에 실시하는 노키아 테크날리지데이에 미래산업을 초대해 달라고 요청했다. 까리는 긍정적으로 검토해 보겠다고 했지만 너무 상황이 좋지 않아 큰 기대는 하지 않았었다.

까리 힐터넨은 나와 깊은 친분이 있지는 않았지만 그가 한국에 올 때마다 나는 진실로 그를 대접했고 덕분에 그와 나는 스스럼없이 통하는 사이였다.

며칠 뒤, 핀란드 노키아 본사에서 글로벌 주요 10개사가 참가하는 테크날리지데이에 참석해 달라는 초대장이 왔다. 기대하지 않았던 터라 더욱 놀랐고, 까리에게 정말 고마웠다. '두드리면 열리는구나' 기분이 좋았다.

막상 초대는 받았지만 누구와 어떻게 준비해서 갈 것인지가 문제였다. 나는 그동안 미래산업에서 글로벌 마케팅 기획을 맡았던 송 이사에게 도움 요청을 했다. 당시 송 이사는 이미 미래를 떠난 지 몇 년이 되었고 다른 회사에 입사를 하게 되어 있었다. 하지만 그는 기꺼이 나의 요청을 받아주었고 우리는 최선을 다해서 준비를 했다.

보통 타 회사에서는 4~5명 이상이 준비해서 참석하는 곳에 우리 둘이 참석을 했지만 기대와 달리 150명 이상의 연구소 직원들이 우리 부스를 방문했고 많은 관심을 보여 주었다. 성공적으로 행사를 마쳤다.

송 이사와 나는 기술로드쇼를 마치고 헬싱키 부둣가에서 헬싱키 투어 배를 탔다. 맥주를 한잔씩 마시며 그동안의 추억을 회상했고, 이것이 정말 우리의 마지막 핀란드 출장이라고 생각하면서 아쉬운 이별의 선상투어를 했다.

세상일은 참으로 모르는 일이다. 이후에도 우리는 다섯 번도 더

노키아 테크날리지데이 참석 시 기술 전시 모습

핀란드 출장을 가게 되었다.

한국에 복귀해서 송 이사와 헤어지고 나는 바로 중국행 비행기에 몸을 실었다. 노키아 글로벌 구매 이사를 찾아가서 도움을 요청했다. 그동안 미래산업이 노키아에 공헌한 바와 노키아에서 바라보는 미래산업에 대한 평가에 대하여 공식적인 문서를 하나 써 달라고 했고, 한국으로 들어오는 노키아 물량에 대해서 다른 회사와 공평한 참여 기회를 달라고 요청했다.

노키아는 늘 미래산업이 노키아에 공헌한 바가 너무 크다며 칭찬을 아끼지 않았는데 이렇게 어려운 처지에 있을 때 도와주어야 하는 것 아니냐며 하소연을 했었다. 사실 그 정도 위치에 있는 고객은 쉽게 만날 수도, 이런 무리한 대화를 나눌 수도 없었지만 당시 나는 앞뒤를 가릴 상황이 아니었다. 1주일 뒤 나는 문서를 받았고 그가 보내 준 공식적인 문서는 투자회사를 설득하는 데 도움이 되었다.

이후 뜻하지 않은 행운이 다시 찾아 왔다. 독일에 있는 노키아 연구소 프로그램 담당자가 자기들이 개발 중인 프로그램의 외관이 까다로운데 도와주지 않겠냐는 것이었다. 나는 기꺼이 하겠다고 했으며 즉시 개발팀장에게 양산 금형을 제작하도록 지시했다.

해당 프로젝트는 프로젝트가 계획대로 잘되면 50억 이상 매출을 할 수 있었고, 잘되지 않더라도 투자회사를 설득하기에는 충분한 중

거 자료가 되었다. 이후 소프트웨어의 문제로 프로젝트는 순조롭게 진행되지 않았지만 우리는 개발비를 받게 되었고, 미래산업의 기술력에 대하여 다시금 글로벌에 인정을 받게 되는 계기가 되었으며, 이것은 곧 투자자들에게 신뢰도를 높여줄 수 있는 기회가 되었다.

주요 매출처 고객사들로부터 향후 물량 지원에 대한 문서를 요청했고, 대부분의 고객들은 자료를 만들어 주었다. 이는 다시 투자사들과 법원을 설득하는 데 자료로 사용되었다.

어느덧 6개월의 시간이 흘렀고, 미친 듯이 뛰어 다닌 결과 마침내 90억의 투자 자금을 모으게 되었다. 정말 희열이 느껴지는 순간이었다.

하지만 뜻하지 않는 난관에 부딪혔다. 은행들은 채무 감면안에 동의를 하는데 기술보증기금과 신용보증기금에서는 한 푼도 채무 탕감을 해줄 수 없다는 것이다.

사실 이대로 미래산업이 파산을 하게 된다면 1차 담보 채권은행 몇 곳을 제외하고는 비율로 따져서 분배를 한다면 대부분의 은행들과 매출채권 업체 그리고 기술보증기금과 신용보증기금은 거의 채권의 10% 이하도 회수하기 어려운 상황이었다. 어디선가 정보가 누출된 것 같았다. 우리가 투자 자금을 확보한 것을 알고 세게 나오는 것이었다. 물론 국가 기관에서 일하는 담당자나 책임자들의 입장을 이해하지만 "당신들이 죽든 살든, 회사가 망하든 말든 나는 모른다"

라는 식의 대응은 정말 실망을 하게 했고 너무나 고통스런 압박을 주었다.

하지만 달리 방법은 없었다. 90억으로 모든 채무를 해결할 협상 방법은 있었지만 기보와 신보의 채무를 100% 갚고 가족들의 보증 채무까지 해결하기에는 추가로 30억을 더 모아야 했다. 김 이사는 다시 구조를 잡았고 L&S 장 대표의 도움과 이트레이드 김 부장의 도움으로 마침내 120억이라는 투자 자금을 확보하게 되었다.

하지만 또 다시 난관에 부딪혔다. 협상 금액에 거의 협의를 했던 몇 개 은행이 동의를 하지 않겠다는 것이다. 금액을 더 올려 달라는 것이다.

정말 미칠 지경이었다. 같이 일을 하던 투자사와 증권사는 모두 지쳤고 패닉에 빠지게 되었다. 아무리 사정하고 협박을 해도 두 개의 은행은 협상에 응해 오지를 않았다. 파산을 해서 자산 분배를 해도 제1채권자이기 때문에 손해 볼 것이 없으니 자기들의 몫을 더 내놓으라는 것이었다.

더 이상 추가 20억을 확보할 길이 보이지 않았다. 하지만 포기하지 않았다. 나는 사장님께 말씀드려 노키아 비즈니스에 관심이 있는 P사 회장님을 만나서 이야기해 보자고 했다.

P사는 미래산업과 1999년도에 인연이 있었고, 사장님과 회장님도 서로 아시는 사이다. P사는 S사의 1차 밴드로서 핸드폰 EMS회사로

서 대단한 기술력과 제조 경쟁력을 가지고 있었던 회사였으며, 회장님의 글로벌 비즈니스로의 확대에 대한 의지가 매우 강하다는 것을 알고 있었다.

다행히 P사에서는 관심을 보였고 사람을 보내 투자 금액에 대한 협상을 하기 시작했다. 너무나 쉽게 일이 진행되는 듯 보였다. P사 회장님이 돈이 수백억이 있는데 좀 나눠 쓰면 되는 것 아니냐, 라면서 바로 투자할 의사를 보였다.

우리는 이제 모든 것이 해결된 것으로 믿었고, 이제는 P사가 노키아 비즈니스에 진입할 작전에 더 몰입했다. 그러나 시간은 계속 흘렀지만 P사는 투자 의향서를 작성해 주지 않았고, 비즈니스를 성공시켜야 한다는 데만 초점을 두었다.

나는 사장님께 P사의 투자 확약서를 받지 않고 이런 식으로 시간이 흐른다면 큰일이 발생할지도 모르니 단판을 짓자고 제의를 했고, 사장님과 P사 회장님을 만나러 갔다. 그러나 그날 우리는 정말 황당한 상황에 몰렸다.

P사에서는 미래산업은 그냥 파산시키고 노키아 비즈니스를 책임질 사람들만 P사로 영입해서 노키아에 진입만 한다면 사장님과 나는 어쨌든 먹여 살려줄 테니 쉬운 길로 가자고 했다. 더욱이 P사의 투자사 대표이사는 신용불량자로 10년 사는 거 그리 어려운 일 아니라고 하면서 말도 안 되는 소리로 우리를 설득하려 했다.

정말 화가 나서 참을 수 없었고 우리는 자리를 박차고 회의장을 빠져 나왔다. 모든 것이 순조롭게 될 것으로 기대하고 P사에 입사를 해서 글로벌 비즈니스를 같이하려 했던 다른 사람들도 입사를 하지 않기로 결정하고 같이 행동을 해 주었다. 이를 계기로 P사와의 계약 검토는 완전 파기가 되었다.

아무런 대책도 없이 시간은 계속 흘렀고, 법원에서는 서류 제출을 독촉했다. 시간은 흘러 기업회생인가 여부 판결까지는 누 달밖에 남지 않았다. 우리가 짠 구조를 성공시키기에는 너무나 시간이 촉박하였다. 2011년 2월에 판결이 예정되어 있었다.

우리가 법원에 제시한 구조는 기업회생결정과 동시에 모든 채무를 정리하고 동시에 졸업을 하는 것이었다. 보통 기업회생결정 판결이 나도 10년 동안 회생기간을 가져야 하는데, 우리의 첫 번째 목표는 회사를 회생시키면서 동시에 가족들이 보증채무에서 벗어나는 것이다.

당시 집으로 두 개 은행에서 압류 사전 통보장이 날아들었다. 만약의 사태를 대비해서 작은 전셋집이라도 알아 보았어야 했지만 일단 일에만 몰입을 했었다.

법원에서는 우리가 제시한 인가결정과 동시에 종결이라는 조건을 만족하기 위해서는 7개 금융권과 144개 업체로부터 채무변재 확약서를 한 개도 빠짐없이 다 받아오라는 것이다. 법원이 요청하는 자료를 만들어 오지 못하면 회사는 파산으로 가야 하는 상황이었다. 이미 법원에 판결 연기 신청을 다 써 먹은 상태라 시간이 없었다.

다시 위기가 왔다. 12월 말 회사는 자체 파산 위기를 맞았다. 업체들에게 매입 대금을 제때 지급하지 못해서 업체들이 더 이상 재료를 납품하지 않겠다는 것이다. 업체들을 만나 사정을 해 보았지만 한번 신뢰를 잃었기에 쉽지 않았고, 업체들도 사정이 많이 좋지 않았었다.

다행히 12월 25일 크리스마스 선물과도 같이 J사 회장님의 도움으로 간신히 위기를 모면하게 되었다. J사 회장님은 미래 사장님과의 신뢰 때문에 받지 못할지도 모르는 돈 20억을 빌려 주었던 것이다. 우선 업체들에게 대금 지급을 하고 다시 정상적인 제조 활동이 시작되었다. 이것은 사장님이 그동안 믿음으로써 사람들을 대했다는 단편적인 증거이기도 했다.

너무나 숨 가쁘게 달려왔다. 추가적인 투자자금을 확보할 길이 보이지 않았고 몸도 마음도 지쳤다. 모두가 포기하자고 했던 것을 다시 살려냈지만 여전히 20%가 부족했고 단 1%만 부족해도 모든 것은 물거품이었다.

2011년 1월 16일 보리암에서

○● 해수관음성지 보리암

한국의 해수관음성지는 예로부터 남해 보리암, 양양 낙산사, 강화 보문사, 여수 향일암을 꼽아왔다고 한다. 관음성지는 "관세음보살림이 상주하는 성스러운 곳" 이란 뜻으로 그 어느 곳보다 관세음보살님의 가피를 잘 받는 것으로 널리 알려져 있다.

금산은 원래 보타산이라 하였으나 신라 중엽 원효대사가 이 산을 찾았을 때 갑자기 서광이 비춰서 보광산이라 부르게 되었고, 이후 고려 말 이성계가 입산하여 백일기도로 영험을 얻어 조선왕조를 세우고 그 은혜에 보답하고자 산 전체를 비단으로 두르려 하였으나 신하들이 바단 금(錦) 자를 붙인 금산이라는 이름을 내리는 것이 좋겠다 하여 그때부터 금산이라 불리게 되었다고 한다.

금산의 가장 높은 곳은 망대(705m)이며, 해발 500m 이상의 기암괴석과 울창한 난온대식물이 어우러져 독특한 장관을 이루고 있고 정상에서는 바다와 주변 섬들을 한눈에 바라볼 수 있다.

나는 잠시 모든 것을 멈추고 아내와 머리를 식히려 차를 몰고 남해로 가 보리암에 들러 기도를 하기로 했다. 우리는 소원등도 달고 시주도 하고 간절한 기도도 올렸다. 정말 처음으로 절실하고도 간절한 기도를 했었다.

우리는 남해에서 하룻밤을 보내고 창원으로 왔다. 그리고 바로 나는 다시 서울로 올라갔다. 이대로 포기할 수는 없었다. 그러나 모두 지쳤다. 투자를 주최하던 회사의 임원들은 여기서 포기를 하자고 했다. 수익도 크게 기대되지 않는 이 일에 왜 이렇게 골치를 아파하며 시간과 비용을 투자해야 하는 것이었다. 맞는 말이었다. 하지만 나는 많이 서운했고 자존심이 많이 상했지만 참아야 했다.

나는 김 부장과 침대 두 개가 있는 모델을 잡아두고 같은 방에서 잤었다. 잠을 이룰 수가 없었다.

다음 날 새벽 5시, 나는 대만에 출장간 000회사 배 사장에게 전화를 걸었다. 새벽에 전화를 받은 배 사장은 놀랐고, 나는 10억을 투자하기로 한 배 사장에게 현재 상황을 설명했다. 투자 주관사에서는 그간의 진행사항을 배 사장에게 잘 업데이트 해 주지 않아 그간의 투자 진행사항을 잘 모르고 있었다. 나는 배 사장에게 다시 한 번 더 기대를 해 보았다.

배 사장은 두말없이 모든 일정을 취소하고 귀국했고, 우리는 다시 현재의 상황과 문제점에 대하여 논의를 했다. 많은 논의 끝에 그는 다시 10억 추가 투자를 해 주겠다고 했다. 우리는 다른 창투사를 통해서 10억만 더 투자를 받으면 모든 것이 해결되게 되었다. 지금도 당시 배 사장의 나에 대한 신뢰에 감사를 잊지 않는다.

사실 배 사장은 나와 이전에 일면식도 없었다. 투자 설명회를 하는 동안 창투사로부터 소개를 받아 저녁 자리에서 향후 비즈니스 방향에 대한 논의를 하고 난 뒤 배 사장은 나의 진솔함에 자기는 바로 10억 투자를 결정했다고 한 분이었다. 중소기업에서 20억이 작은 돈도 아니고 결코 쉬운 결정이 아니었을 것이다.

이제 창투사로부터 10억만 더 투자를 받으면 되는 상황이었다. 하지만 10억의 추가 투자 결정을 위해서 투자 심의회를 열어야 했었다. 나는 직감적으로 일이 쉽게 되지 않을 것을 느꼈다. 창투사에서 10억을 투자해 준다고 해도 법원에 약속한 일정을 맞추기는 어렵게 될 것 같았다. 창투사만 믿고 있기에는 너무 리스크가 컸었다.

나는 자존심을 다 내려놓고 P사를 다시 컨택하기로 마음먹었고, P사 계열사 신 사장에게 부탁해서 다시 컨택을 할 수 있도록 부탁을 드렸다.
P사는 당시 주요 매출처인 S고객사로부터 신규모델을 받지 못하는 상황에 있었고, 생존을 위해서 반드시 글로벌 회사와 비즈니스

를 해야 하는 절실한 상황임을 나는 알고 있었다.

다시 P사와 투자 논의가 진행되었다. 이미 은행들과 협상이 거의 다 되어 있었고 협력들로부터 채무변제 확약서도 확보된 상황이어서 P사 입장에서 보면 구조는 이전보다 훨씬 쉬웠다.

기존에 250억 투자 검토를 했던 P사 입장에서는 10억은 작은 투자였다. P사는 투자 결정을 했다. 하지만 완전한 비즈니스 오너십을 갖기 위해서는 10억이 아닌 전체 140억 투자를 원했다.

P사가 전체 다를 투자한다면 지금까지 고생해서 구조를 잡아온 창투사와 텔로닉스에는 신뢰를 깨는 행위나 다름이 없었다. 하지만 P사의 요구는 완강했다.

이제 우리는 P사 단독 투자와 창투사가 주관하는 투자 두 가지 중 하나만 결정하면 되는 상황이었다. 이 결정은 사장인 형님에게 맡겼다. 사장님의 결정이 정확하리라 판단했다. 솔직히 당시는 창투사로부터의 추가 투자를 100% 장담할 수 없었기에 사장님의 결정을 이용했어야 했다는 표현이 옳을 것이다.

사장님은 P사를 선택했다. 사장님은 P사가 제조 기반이 이미 잘 갖추어져 있고, 미래산업의 노키아에 대한 신뢰를 잘 이용한다면 노키아 진입이 훨씬 쉽고, 잘하면 한국에도 글로벌 턴키 제조업체들과

견주어볼 만한 경쟁력이 있는 턴키 회사를 만들 수 있다는 신념이 있었다. 실제로 투자 구조나 이후 운영적인 측면에서도 심플하기도 했었다.

그동안 정말 같이 고생한 투자 주관사와 다른 투자자들에게는 미안한 일이지만 이 결정을 따를 수밖에 없었다. 투자사 장 대표는 투자 구조가 바뀌었음에도 불구하고 끝까지 조언을 해 주었다. 우리는 이틀 동안의 논의 끝에 협상을 마무리했고, P사로부터 투자 확약서를 받아서 법원에 제출했다.

이제 남은 일은 상거래 채권자 144개사로부터 채무변제 확인서를 받아서 법원에 제출할 모든 서류를 구비하는 일이다. 전국에 흩어져 있는 상거래 채권자 144개로부터 채무 변제 확인서를 받는 것은 쉬운 일이 아니었다.

업체에 따라서 적게는 몇십만 원에서 많게는 수억 원까지 채무가 있었다. 이 돈 필요 없으니 서류를 해줄 수 없다는 업체, 더 이상 찾아 오지 말라는 업체, 어떤 업체는 이미 부도가 나서 사장이 도주를 하고 없었고, 어떤 업체는 사장이 해외 출장을 간 업체도 있었다. 하지만 대부분의 거래업체들은 협조를 해 주었다.

정말 업체들 입장에서 봐도 힘든 일이었다. 한 달 벌어 겨우 직원들 급여 주고 살아가는 작은 기업들에게는 큰 타격이었다. 전체 채무의 15% 정도밖에 받지 못하니 어찌 그렇지 않겠는가, 하지만 파산이 되면 채무의 한 푼도 받지 못하는 상황이었다.

신뢰로 지역에서 함께 커온 협력사 사장님들은 오히려 힘내라고 용기를 주셨다. 참으로 고마운 일이 아닐 수 없었다. 살면서 갚아야 할 것들이 너무 많다.

직원들의 수고로 우리는 거의 1주일 만에 142개사로부터 채무변제확인서를 받았고 행방이 묘연해서 도저히 찾을 수 없는 2개 회사는 법원에 공탁을 하기로 했다. 만약의 경우에 대비하자는 것이었다. 이제 모든 요건을 갖추어졌다. 이제 수천 장에 달하는 서류를 한 개의 오류도 없이 챙기는 일이 남았다.

이트레이드 증권에서 꼬박 1주일 정도를 새벽 2시~3시까지 서류를 챙겨 나갔다. 전문가의 도움이 필요했고, 서울고등법원에서 판사까지 지냈던 변호사분도 새벽까지 같이 했다. 그때 역시 전문적인 일은 전문가에게 의뢰를 하는 게 매우 중요하다는 것을 뼈저리게 느꼈다.

서류를 다 마무리하기 위해 나는 이트레이드 증권에서 직원과 거의 일주일 밤을 새웠고 우리는 모든 서류를 마무리 지었다. 법원 판결 30분 전에 우리는 모든 서류를 제출할 수 있었고, 그날 법원은 창원법원 최초 사례로 기업회생인가 결정과 동시에 종결이라는 사례를 남겼다.

채무가 완전히 해결된 미래산업은 사장님이 다시 복직되어 그때부터 지금까지 외부 자금 지원 없이 자체적으로 잘 운영을 해 오고 있다.

다음에 기회가 된다면 좀 더 구체적으로 미래산업의 기업 회생 기록을 해서 다른 유사한 회사에 도움이 되는 자료를 만들고 싶다. 올바른 경영판단과 전략을 세운다면 충분히 회생할 수 있는 훌륭한 회사들이 파산에 들어가는 것을 보면 안타까울 때가 많다.

장대표가 해준 진심어린 한마디 말씀에 나는 포기 하지 않았다.

"포기란, 가장 쉬운 것, 가장 마지막에 해야 하는 것, 최선을 다하고 난 뒤 정말 할 수 없다고 판단될 때 포기해도 포기는 절대 늦지 않다. 포기하지 마라 할 수 있다."

지리산 계곡의 밤은 빨리 찾아 온다. 우리는 꽤 많은 술을 마셨고 내일을 위해 11시경에 잠자리에 들었다. 들려오는 것은 새소리와 물소리뿐이다.

○● 지리산

지리산은 1967년 12월 29일 우리나라 최초 국립공원으로 지정되었으며, 면적은 약 427㎢로서 3개 도, 5개 시, 군에 걸쳐 있는 아름다운 산이다. 지리산 국립공원의 최고봉인 천왕봉(1,915m)을 비롯하여 수많은 능선과 깊은 계곡으로 이루어져 매우 다양한 야생, 동식물들이 살아가고 있다. 또한, 서기 554년에 창건된 화엄사를 비롯하여 쌍계사, 대원사 등 유서 깊은 사찰과 문화재들이 많이 보존되어 있다.

A.A.A OK (Anytime, Anywhere, Anything OK)
언제, 어디서든지, 무엇이든지 할 수 있다

기업의 꿈은 경영자 한 사람의 의지로만 이루어질 수 없다.
경영자의 꿈이 기업에 종사된 다수의 구성원들의 꿈이 되었을 때
비로소 그 꿈은 이루어진다.
기업이 성공을 위해서 가장 소중한 자산은 종업원(구성원)들이다.
사업에 성공이 있었다면 그것은 사장의 비전과 노력
그리고 회사를 이루고 있는 직원분들의 성공에 대한 염원,
그 가족분들의 기도 그리고 어머니와 아내의
간절한 기도가 있었기 때문이라고 믿는다.

사업의 실패는 단지 사업 실패 그 자체만을 의미하지는 않는다.
그 종사자들의 꿈도 실패를 하는 것이라,
책임 있는 경영의지가 필요하다.

3

나를 찾아 떠나는 나 홀로 여행,

셋째 날

2013-06-26 수요일 흐림, 맑음 (경상남도 하동, 남해)

아침 일찍 차 문 여는 소리에 잠을 깼다. 후배는 본인이 워낙 코를 심하게 골기 때문에 절대 같이 잠을 자지 못한다고 하면서 자기 차에서 잤다. 어제는 술을 많이 마셨지만 공기가 좋아서 그런지 아침에 크게 무리가 되지 않았다.

아침은 후배가 끓인 라면을 먹었고, 산행을 마치고 내려와 텐트를 정리할 계획으로 내 차를 몰고 둘이 성삼재로 갔다. 나는 어제 올랐었지만 후배가 꼭 산행을 하고 가야 한다고 해서 다시 노고단 산행을 했다. 다시 걸어도 좋았다. 오늘은 노고단 정상까지 올라갔다.

올라가는 길에 길가에 있는 작두라는 식물을 많이 보았다. 작두는 도라지와 비슷하게 생겼지만 쓴맛이 없어, 어릴 때 소 풀 먹이러 갔다가 많이 캐 먹은 기억이 있다. 요즘은 귀해서 잘 없는데 여기는 사람들의 손길이 닿지 않아 아직 많이 있었다. 갑상선이 있는 여자에게 좋다고 하는데 갑상선 때문에 고생하는 누나 생각이 났다.

후배는 산을 오를 때 음악을 들으면서 걸었다. 나는 음악을 끄고 오감으로 자연을 느끼며 걸어보라고 제안했다. 마음이 불안하거나 혹은 습관적으로 산을 오를 때 음악이나 라디오를 듣고 걷는 사람들이 많다. 하지만 오감을 이용해서 자연을 최대한 느껴보면 내 몸과 멀리 있는 생각을 잡아 둘 수 있고 건강에도 더 좋다.

후배와 군대 시절 이야기와 살아가는 이야기들을 하는 동안 어느새 출발 지점이었던 성삼재에 도착했다. 오늘은 외국에서 교환연수를 온 외국 학생들이 많이 보였다. 나는 유창한 영어는 아니지만 외국 학생들과 몇 마디 대화를 나누어 보았다. 학생들은 텍사스, 샌디에이고 등 여러 지역에서 왔다.

미국 보스턴에서 어학연수를 할 때가 생각이 났다. 당시 회사에서는 모든 영어를 통역에 의존할 수밖에 없었다. 그래서 사장님은 내가 미래를 위해서 영어를 배우는 것이 어떻겠냐고 했고, 나는 가족들을 한국에 남겨 두고 34살의 나이로 미국에 갔었다.

성삼재에서 바라본 뱀사골 계곡

당시 내가 아는 영어는 who are you? I am a Korean 정도였다. 학원장은 면담에서 심각하게 "당신이 학원 역사상 가장 낮은 점수를 받았다. 보통 레벨 3에서 시작하는데 당신으로 인해서 우리는 레벨 1반을 만들어야 한다"라고 했을 정도였다. 나는 10대, 20대의 어린 학생들과 어울려 공부를 해야 했다.

잠잘 때는 아예 알아 듣지도 못하는 미국 라디오를 귀에 꽂고 잤고, 일상생활에서는 한국어를 한 마디도 하지 않으려 애썼다. 내 혀를 경상도 사투리에서 보스턴 영어로 개조시켜야 했었다. 그러다 보니 어떤 한국 학생은 주말에 나를 찾아와 혹시 목사님 아니냐고 물어보기도 했었다.

주말이면 선생님은 밖에 나가서 3명 이상의 미국 사람을 만나서 인터뷰를 하고 인터뷰 내용을 적어서 내도록 했다. 다른 학생들은 가짜 인터뷰를 해서 숙제를 했지만 나는 자전거를 타고 하버드 대학, MIT, 보스턴 대학, 커피숍, 도서관, YMCA 등 두려워하지 않고 다녔고 사람들을 만났다. 어떤 때는 하루에 15명 이상 인터뷰를 한 적도 있었다. 어느 날은 한국전쟁에 참전했던 70세 되시는 상의용사 집에 들러 파전을 해 주고 영어를 배우기도 했었다.

어학연수 9개월 뒤, 나는 더 이상 영어가 두렵지 않았고 미국인들과 어느 정도 자연스럽게 이야기할 수 있는 수준까지 올라왔다. 특히 듣기는 젊은 학생들보다 잘했다. 내가 어학연수 중에 보스턴에서 강도를 잡은 적도 있었지만 대부분의 사람들이 나를 좋아했다.

어학연수 동안 아내는 어린아이 둘을 데리고 혼자서 한국에서 지냈다. 가족이 정말 그리웠다. 하지만 나에게는 분명한 목표가 있었기에 가끔 전화 통화만 하고 참아야 했다. 아내가 정말 고생이 많았다.

외국어는 아무리 좋은 선생이 있어도 자기 노력이 없으면 안 된다. 가장 중요한 것은 꾸준한 자기 노력과 두려움을 없애는 것이다.

영어는 매우 중요하다. 글로벌 시대를 사는 사람들은 영어를 배워야 한다. 영어는 미국이나 영국 사람들만의 언어가 아니다. 이제는 글로벌 공용 언어라고 해야 한다. 단지 사업을 하기 위해서, 아이들의 공부를 위해서만이 아니다. 글로벌 시대에는 글로벌 공통의 관심사 즉 논의 사항들이 많아진다. 세계보건문제, 환경문제, 빈곤, 경제, 평화와 전쟁 등……

앞으로 10년 이상 세상을 살아갈 사람이라면 영어에 관심을 가지고 하루에 한 문장이라도 공부를 해볼 만하다. 이제 우리 주위에서 외국인을 만나는 것은 이상한 일이 아니다.

텐트가 있는 달궁 야영장으로 오는 길에 우리는 맛집에 들러 뱀사골에서 유명하다는 흑돼지고기 2인분과 산채비빔밥을 먹었다. 매콤한 경상도 음식도 좋지만 여러 가지 종류의 토속음식과 함께 하는 전라도 음식은 언제 먹어도 풍성함과 그 특유의 맛이 있어서 좋다.

후배와 작별을 하고 나는 다음 목적지인 화엄사로 가야 했다. 아직 힐링이 많이 필요한 후배는 떠나기 싫어했지만 나는 이번 여행을 혼자 하는 것을 목적으로 했기에 아쉬움을 뒤로하고 후배는 88 올림픽 고속도로로, 나는 화엄사로 향했다.

화엄사에서 다시 올려다본 지리산은 정말 웅장해 보였다.

화엄사에서 차를 돌려 하동으로 향했다.

전라도와 경상도를 가로지르는 섬진강 변에 잠시 차를 세우고 경치도 보고 래프팅을 하는 사람들도 보면서 여유를 즐겼다. 섬진강은 너무나 아름다운 구례와 하동 사이로 고요히 흐르고 있었다.

몇 해 전에 가족과 들러서 즐겁게 래프팅을 했던 기억이 떠올랐다. 아이들과 아내가 생각이 났다. 조만간 가족들과 한 번 더 들러야겠다고 마음먹었다.

차를 몰고 쌍계사 계곡으로 향하는 입구에 있는 하동 읍내로 들어왔다. 지나는 길에 꼭 황 이사님을 만나서 하룻밤을 보내고 갈 계획이었다.

하지만 황 이사님은 오늘 지역 주민들과 삼천포로 놀러 갔다고 했다. 황 이사님과 통화를 하니 저녁에 올라오니 술 한잔하고 옛날 이

지리산 화엄사

○● 화엄사

화엄사는 백제 성왕 22년(544년) 인도에서 온 연기조사가 창건한 사찰로 1,500여 년의 역사를 가진 지리산을 대표하는 사찰이다. 백제, 신라, 고려, 조선의 역사가 살아 숨 쉬고 있으며 국보 4점, 보물 7점 등 국가 문화재를 보유하고 있는 문화재의 보고이기도 하다.

아래 주소에 들어가면 화엄사에 대한 더 자세한 내용을 알 수 있다.

http://blog.daum.net/3skkj4876/145

하동과 구례 사이를 흐르는 섬진강

　잃어버린 나를 찾아 떠나는 기행

야기도 하고 놀다가 가라고 했다. 하지만 다음에 들르기로 하고 황 이사님 아버님만 잠시 뵙고 준비해온 포도주를 건네고 읍내를 빠져 나왔다. 화개장터는 종종 들렀기에 이번에는 생략하기로 했다.

황 이사님과의 추억이 떠올랐다. 황 이사님은 자동차 부품 전문 업체인 '위아'라는 대기업에서 사무관리직에 근무했었다. 나는 황 이 사님과의 헝가리 추억을 잊을 수 없다.

황 이사님과의 인연은 2004년에 시작되었다. 2004년 미국에서 어학연수를 마치고 거의 1년 만에 한국에 도착했는데, 4일만에 다시 유럽으로 가야 했다.

사장님의 다급하고 중요한 지령이 떨어졌다. MP3에 녹음된 내용을 듣고 헝가리에 가서 반드시 사업을 성공시켜야 한다는 것이었다. 비행기 안에서 MP3를 들어보니 지금부터 10개월 안에 헝가리에 있는 노키아 코마롬단지에 공장을 셋업하고 한국 미래산업과 같은 핸드폰 도장 수율을 달성시키라는 것이다. 그러면 한국 업체들이 헝가리 노키아 코마롬 공단에 들어와서 사업을 할 수 있는 기회를 주겠다는 노키아 부사장과의 미팅 내용이었다.

당시 노키아는 글로벌 전체 핸드폰 시장 1위를 차지하고 있었고, 특히 헝가리 코마롬단지는 연간 1억 4천만대를 생산하는 아주 중요한 공단이었다. 그런데 업체들의 도장 수율이 낮아서(당시 업체들의 평균 양품율은 50% 수준, 미래산업 한국 공장은 90% 수준) 납기와 비용에 막대한 악영향을 주고 있었다. 노키아는 미래산업을 이용해 전체 업체들의 수율을 끌어올려서 원가도 절감하고 납기에도 문제가 없도록 하자는 것이었다.

사실 도장은 어떻게 보면 하찮은 3D 업종으로 보일지 모르지만 가장 중요한 공정 중의 하나였다. 아무리 좋은 핸드폰도 칼라나 외관이 좋아야 사람들이 만지게 되고 그다음에야 핸드폰을 켜서 성능을 보는 것이었다. 금형과 사출, 후가공 등 많은 공정을 거친 뒤에 최종적으로 도장을 하게 되는데, 도장의 가격이 사출 가격보다 2배 이상 비쌌다.

당시 모든 핸드폰이 도장이 들어가는 것은 아니었지만 70% 이상의 모델이 도장이 들어갔고 연간 3억대 이상 생산, 판매하는 노키아에서 산출한 계산에 의하면 도장 수율 10%만 상승시켜도 연간 2천억 원 이상의 원가 절감을 하게 된다고 했다. 경쟁사에 비해 미래산업의 도장 수율은 40% 이상 앞서고 있었다.

나는 변호사와 계약, 노키아 코마롬 공단에 있는 땅 계약, 건설업체 계약 등 신속히 정확히 업무를 진행해 나갔다. 약속된 10개월 안에 양산을 해서 한 번도 경험하지 못한 직원들과 같이 시스템을 셋업하고 수율 90% 이상을 달성한다는 것은 거의 불가능한 일이었다.

공장 건축이 진행되고 2개월 뒤 해외파견 및 출장자들이 급파되었다. 이때 관리팀장으로 황 이사님을 처음 만나게 되었었다. 우리는 사명을 가지고 반드시 성공시켜야만 했고, 정말 굳은 신념으로 일을 해내고 있었다. 현지 건설업체 건설을 하는 동안 나는 설비업체들과 마지막 계약을 했어야 했다.

일본으로 날아가 이와타 사장과 네고를 하고 자동화 도장라인 2개 라인 약 60억 계약을 했다. 그리고 바로 한국으로 들어와 5개 설비업체와도 계약을 마쳤다.

사장님과 다시 헝가리로 날아와 KDB 산업은행과 180억 원 대출에 최종 계약을 맺었다. 당시 미래 헝가리법인의 총 투자 규모는 220억 원이었다.

공장 건축과 설비 제작 통관, 각종 인허가에 필요한 작업들이 빠르게 진행되고 있었다. 기둥이 세워질 때 이미 바닥에는 설비가 셋업되고 있었다. 노키아에서는 매달 방문하여 진척 사항을 확인하였다.

비록 어학연수 9개월을 받았지만, 당시 영어에 완전한 자신을 갖지 못해서 늘 통역을 데리고 일을 했었다. 하지만 용기를 내어 노키아에서 방문한 미까 마낄라 씨에게 양해를 구하고 처음으로 통역 없이 미팅을 했었다. 이후 자신감이 생겼고 이후로 나는 더 이상 통역을 이용하지 않았다.

건설과 설비 셋업이 완료되었다. 가장 문제는 인허가였다. 나는 건설이 시작되면서 거의 매주 코마롬 시청에 들러 시장과 커피를 마시며 공장건축과 설비 셋업 진행 사항을 보고했다. 그때마다 시장은 인허가 담당자들을 불러 인사를 시켜 주었고, 나는 그들에게 부탁하여 공사 중간중간에 현장을 들러서 확인을 부탁했다.

보통 컨설팅 업체를 통하여 인허가 작업을 하지만 우리는 직원들과 직접 자료작성과 허가 신청 등의 일들을 진행했다. 건설 마무리와 동시에 우리는 모든 인허가를 받았다. 건설업체 텍톤의 벨라 사장의 말에 따르면 건설 경험 15년 만에 처음 경험하는 일이라고 했다.

사원 모집과 고객확보, 시스템 셋업, 노키아, 페룰로스 고객 실사 및 업체 등록, 협력업체 셋업 등 숨 가쁘게 9개월이 흘렀다.

우리가 양산 준비에 들어가고 있을 당시 자체 도장 라인을 운영하던 고객사(발다)에서 노키아 전략모델이었던 '뉴욕'이라는 프로젝트를 수행하고 있었다. 노키아 라인은 이미 스톱 되었고 초 비상사태였다.

노키아 본사에서 전화 한 통이 걸려 왔다. 그는 나에게 발다에서 진행 중인 회의에 참석해 달라고 했다. 회의장은 긴장감이 돌았다. 당시 발다는 15%의 도장 수율밖에 내지 못했다. 당연히 공급에 차질을 줄 수밖에 없었다.

노키아 구매 담당자는 나에게 직접 부탁을 했다. 어떻게 하든 발다의 도장 수율을 올려 달라는 것이었다.

나는 약속했다. 우선 컨설팅을 통해서 현재 발다의 도장 수율을 15%에서 60%까지 끌어 올리겠다고 했고, 기회를 준다면 미래헝가리 도장 라인을 테스트해 보고 싶다고 했다. 만약 미래헝가리 도장 라인에서 도장이 가능하다면 나는 90%의 양품율을 만들어 내겠다고 했다. 아무도 믿지 않았다. 그는 단지 발다의 양품율을 50%까지라도 올리는 데 도움을 주기를 요청했었다.

나는 다시 협상을 했다. 나는 "만약 내가 약속을 지킨다면 현 프로젝트의 물량 50%를 미래헝가리가 할 수 있도록 해줄 수 있느냐?"고 물었다. 노키아 구매 담당자는 "만약 제이슨(내 영어이름)이 약속을 지킨다면 물량의 90%를 미래헝가리에 주겠다"고 했고 발다에서도 동의를 했다.

나는 약속을 지켰다. 발다에는 간단한 현장의 3정 5S 준수와 약간의 기술적인 컨설팅을 통해서 불과 보름 만에 60%의 수율을 올렸고 노키아도 약속을 지켰다. 미래헝가리에서 샘플 작업을 해 보도록 허락했다.

기본적인 사원들은 있었지만 정상적인 양산을 하기에는 턱없이 부족한 인원이라 긴급히 사원 모집을 해야 했다. 코마롬 시의 인원들은 이미 노키아, 폭스콘 등 큰 기업에서 채용을 다한 터라 인접

국가인 슬로바키아 노동부에 가서 집단면접을 보았다.

동유럽 국가는 사원 모집 시 절대 남녀노소 차별을 두어서는 안 된다. 그리고 반드시 간단한 시험을 보도록 노동법에 명시되어 있다. 가장 빨리 200명의 인원을 채용해서 교육을 시켜서 라인을 가동해야 했기에 나는 집단면접을 보았다. 한 번에 15명씩 면접을 보고 마치기 전에는 반드시 눈빛을 보고 손을 잡아서 악수를 했다. 손을 잡아보고 난 뒤 나는 그 자리에서 채용 결정 여부를 판단했고 즉시 통보를 했다.

손을 잡아 보면 그 사람에 대한 느낌을 알 수 있다. 외모는 합격이지만 손을 잡아보면 물컹한 사람들이 있다. 우리는 손으로 제품을 결합하고 해체하는 일이 주요 작업 내용이기에 손 맵시는 매우 중요하다.

한국 본사에서는 매주 제품 결합에 필요한 지그를 비행기로 보냈고 불량 지그와 부품들로 직원들에게 충분히 사전 훈련시킬 수 있었다.

우리는 멋지게 첫 프로그램을 90% 이상 양품율을 내면서 유럽 업체들을 눌러 버렸다. 우리와 경쟁할 업체는 없었다. 우리는 '뉴욕'이라는 노키아 전략 프로그램 물량의 90%를 수주받았고 연이어 다른 물량도 수주를 받았다. 투자를 한 첫해에 흑자를 달성했다.

어떻게 우리가 약속을 지켰는지는 세세하게 여기서 언급하지 않기로 한다. 너무나 많은 이야깃거리가 있기에 한 권의 책으로도 부족함이 있다.

수많은 에피소드가 있었지만 지금 생각해도 영업에 김 과장과 박연화 사원의 혼인 서약식은 정말 잘한 일이고 즐거운 이야기 중 하나다.

당시 한국에서 파견 온 인원과 출장자가 모두 합해서 30명 정도가 되었다. 이 프로젝트를 성공시키기 전까지는 모두가 개인적인 일은 절제하고 일에만 몰두할 때였다.

눈치를 보니, 김 과장과 박연화가 사귀고 있는 것 같았다. 그들은 다른 직원들의 눈치를 보며 밤늦은 시간에 자주 만나는 것을 알게 되었다. 어떤 직원들은 이 사실에 대해 좋지 않은 루머도 만들고 했었다.

사랑은 죄가 아니다. 더욱이 이 먼 타국에서 서로 눈치를 보며 사랑하는 일이 재미있기도 하겠지만 힘들기도 할 것이다.

첫 양산을 무사히 마치고 나는 직원들 전체를 숲 속에 있는 식당에 불러 모았다. 그리고 두 사람을 불러내어 공식적으로 사귀는 것에 대해서 확인을 받고 사랑의 서약서에 서명을 하도록 했다.

나는 두 사람이 이미 충분히 깊은 관계를 가지고 있는 것을 알았고 그들의 사랑을 지켜 주고 싶었다. 모두 다 모처럼 취하게 마셨고,

본사에서 사장님이 보내 준 한국 노래방 기계를 틀어 놓고 노래도 부르며 정말 즐거운 저녁을 보냈다.

지금 두 사람은 딸 둘을 두고 행복하게 잘 살고 있다. 이전에 헝가리에서 내가 만들어 준 사랑의 서약서를 아직도 간직하고 있다고 들었다.

2006년 미래 헝가리 오픈식에서 노키아로부터 글로벌 최우수 업체상을 받았다. 'Nokia supreme supplier award'는 1년에 한 번 200개 이상 협력사 중 한 개 혹은 두세 개 업체에 주는 상으로 당시 한국은 물론 아시아 협력사 중 처음이었다.

부상으로 사장님 부부와 우리 부부는 핀란드 사본리나 페스티벌에도 참석하는 영광과 한국 협력사들이 글로벌 전략 변화에서 퇴출될 위기를 기회로 전환하는 기회도 협의를 통해서 받았다.

미래헝가리가 성공적으로 임무를 수행한 과정에서 많은 사람들의 수고와 관심이 있었지만 무엇보다 직원들의 수고가 컸고, 특히 관리 팀의 황인현 이사님, 공무 팀의 정연갑 이사님, 제조 팀의 손 차장, 우상일 차장, 그리고 시스템셋업에 송명준 이사, 김종윤 차장의 노고가 정말 컸다. 그들이 없었다면 결코 10개월의 기적은 없었을 것이다.

나에게 가장 큰 힘이 되었던 건 나에 대한 사장님의 믿음이었다.

헝가리에서 처음 황 이사님을 만났을 때, 나는 황 이사께 관리 전체를 잘 맡아 달라고 부탁하면서 "우리는 할복하는 자세로 이 일에 임해서 반드시 성공시켜야 합니다"라고 했더니 황 이사님은 "부사장님, 그냥 칼로 하는 할복은 쉽습니다. 우리는 거친 시멘트 돌로 할복하는 자세로 임해야 할 것입니다"라고 말했다. 그리고 팀원들에게는 감기도 허락받고 걸리라고 했다. 정말 그는 그런 자세로 늘 업무에 임했고 자기가 맡은 일에 최선을 다했다.

코마롬 공단에 한국업체로는 처음 태극기를 올릴 때 직원들은 모두 눈시울을 적셨다.

미래헝가리의 성공 사례에 대해 한국에서 강의를 해달라는 코트라 측의 제안도 있었지만 나는 과감히 거절했다. 인터넷에 미래헝가리를 치면 당시 인터뷰 내용을 잠시 엿볼 수 있다.

나는 이듬해에 어쩌면 헝가리에서 철수해야 할지도 모른다는 징조를 느꼈다. 헝가리는 경제적으로 많은 어려움을 겪게 되었고, 노키아의 전략도 바뀌어서 더 이상 계획된 물량을 수주받기도 어려웠고 한국 업체들이 헝가리 코마롬 공단에 투자하기는 더욱 어려운 환경이 되었다. 내 예측은 정확히 맞아 떨어졌고 결국 우리는 3년을 채 넘기지 못하고 헝가리 법인을 BYD라는 중국 업체에 매각하게 되었다.

외국에 투자를 할 경우, 장기적인 안목에서 득과 실을 반드시 따져 보아야 한다. 우리나라의 중소기업들은 주로 마케팅 관점에서 투자를 결정하지만 글로벌 기업들은 재무적 관점에서 반드시 득과 실, 예상 리스크를 분석한 후 꼼꼼한 투자 결정을 한다.

헝가리 전체 인구는 천만 명 정도가 되지만 연간 3천만 명의 관광객이 방문을 할 정도로 아름다운 나라이다. 특히 부다페스트 중심을 흘러내리는 다뉴브 강에서 배를 타고 바라보는 야경은 장관 그 자체이다.

부다(훈족) 페스트(땅)는 훈족의 땅이란 뜻을 지녔고, 헝가리 사람들은 자기들의 조상이 아시아에서 왔다고 믿고 있다. 그래서인지 우리가 가진 정이란 것이 있다.

하루는 아침에 출근하니 한 직원이 생선구이를 가지고 기다리고 있었다. 회사에 취직을 시켜주어서 고맙다고 할아버지가 어제 낚시로 잡은 고기를 가져온 것이다. 어떤 직원들은 집에서 담근 포도주를 가져 오기도 했다. 유럽에서는 볼 수 없는, 이전 우리나라에서 있을 법한 정이 있는 곳이었다.

사업적인 관점에서 보면, 헝가리는 7개국과 인접해 있는 유럽의 중심에 있는 국가로서 노키아는 아주 중요한 위치에 공단을 세웠고, 24시간 이내에 고객이 원하는 물량을 저가에 공급하기에 적합했다.

하지만 협력사들 입장에서는 사정이 다르다. 대기업과 같은 레벨의 급여나 환경을 만들어 줄 수 없다. 인력은 턱없이 부족했고 헝가리의 경제가 좋지 않아 물가나 인건비가 급상승했다. 결론적으로 협

미래형가리 오픈식

미래형가리 전체 조감도

력사들에게는 경쟁력 있는 제조를 하기에 적합한 곳은 아니었다.

영원한 고객은 없다. 절대 고객이 협력사의 성장과 동반 성공을 약속하지 않는다. 스스로 생존 능력을 키우지 않으면 안 된다. 특히 해외 투자의 경우 매우 치밀한 전략과 사전 준비가 필요하다. 그중에서도 현지 문화를 이해하고 현지 직원 및 고객과의 커뮤니케이션에 강한 리더는 성공의 매우 중요한 열쇠다.

당시 미래헝가리가 노키아와 약속(한국본사와 같은 도장 수율 달성)을 지킨다면 한국 협력사들이 헝가리를 진출할 수 있는 기회를 주기로 했었기에 우리는 3만 평의 땅을 샀다.

결국 노키아의 글로벌 협력사 전략 변화로 그 약속은 지켜지지 않았고, 대신 한국에서 협력사들이 다시 한 번 기회를 갖도록 요청했다. 노키아는 약속을 지켜 주었으나 협력사들의 상호 간의 불신과 글로벌 비즈니스 경험 부족 등의 이유로 실패하게 되었다.

섬진강은 은어잡이로도 유명하고 재첩도 유명하다. 나도 고기를 잡고 싶어서 낚싯대를 들고 강으로 갔다. 하지만 30분이 지나도록 고기는 한 마리도 잡지 못했다. 역시 낚시는 나보다 아들 현수가 더 잘하는 것 같다. 나는 투망질이나 스쿠버다이빙이 더 제격이다.

섬진강에서 1박을 할까 고민하다가 이내 차를 남해 상주해수욕장

섬진강에서 재첩 잡는 아낙들

으로 몰았다. 오늘은 너무 피곤하기도 하고 저녁에 비가 올지도 몰라 펜션에서 머물기로 했다.

상주해수욕장에서 고개 하나를 넘으면 조그만 마을이 나오고 펜션이 하나 있다. 나는 안드로메다 펜션에서 5만 원을 주고 하루를 머물기로 했다. 아직 성수기가 아니라 사람들이 없다. 오늘은 이 펜션에 나 혼자인 듯싶다.

자그마한 동네는 음식점도 없었고 저녁을 사 먹으려면 다시 차를 몰고 상주해수욕장 근처까지 가야 해서 좀 귀찮았지만 준비해온 재료로 반찬을 만들어 밥을 먹었다. 저녁은 부모님이 직접 재배한 양파와 마늘 그리고 감자를 썰어 넣고 다시 라면땅을 만들어서 밥과 같이 먹었다.

저녁을 먹고 해안가를 걸으며 낚시를 하는 사람들을 구경하다가 아내와 통화를 했다. 이번 여행을 시작하고 난 뒤 처음 통화를 하는 것이었다. 아내는 나의 여행을 방해하지 않기 위해 특별한 일이 없다면 일부러 전화를 하지 않기로 했다.

바다의 밤에는 가끔 들려오는 기러기 소리와 파도 소리뿐이다. 산행을 하면서 땀에 젖은 겉옷과 속옷을 씻어 널고 일찍 잠자리에 들었다.

길에서 내려다 본 안드로메다 펜션

잃어버린 나를 찾아 떠나는 기행

#4

나를 찾아 떠나는 나 홀로 여행,
넷째 날

2013-06-27 목요일 흐림, 맑음 (경상남도 남해)

아침 6시, 눈을 떠니 그림 같은 바다가 한눈에 들어왔다.

오늘 아침은 간단히 3분카레를 데워서 밥과 비벼 먹었다. 하루 세 끼를 어떻게 때우느냐는 작은 고민거리다. 나는 단 몇 끼 챙겨 먹는 것도 힘든데 어머니는 50년 가까운 그 긴 세월을 하루도 빠짐없이 아침, 점심, 저녁을 어떻게 준비해 오셨을까! 그것도 식성 까다로운 아버지의 입맛을 맞추어 오면서 말이다. 직접 몇 년을 밥을 해본 사람들은 이해할 일이다. 요즘 새댁들과는 조금 다른 이야기이기도 할 것이다.

어머님 생각을 해서인지 어머니께서 전화를 하셨다. 오늘은 어머니가 치과에 가시는 날이다. 내가 모시고 가지 못해 여동생에게 부탁을 했다. 어머님은 내가 직장을 그만두고 잠시 쉬는 것이 걱정이 되시는 모양이다. 다음에 기회가 된다면 부모님을 모시고 힐링 여행을 시켜 드려야겠다.

12시쯤 짐을 챙겨 상주해수욕장에 도착했다. 언제 보아도 아름다운 해변이다.

7월 3일부터 개장이라서 그런지 아직 사람들이 많지는 않았다. 내 주변으로 두 개의 텐트만이 쳐져 있다.

이제 혼자 텐트 치는 것도 속도가 많이 빨라졌다. 처음에 2시간 걸렸던 것이 오늘은 40분밖에 걸리지 않았다. 텐트를 치다 너무 배가 고파서 지나가던 중국집 아저씨에게 콩국수를 주문해서 먹었다.

텐트를 치고 난 뒤, 낚시를 하기로 했다. 부두 가까이 학꽁치 떼가 많이 보였다. 낚시만 던지면 바로 잡을 것 같았지만 쉽지 않았다. 낚시를 던지자마자 다시 흩어졌다가 모여서 나를 마치 조롱하는 듯했다. 그냥 투망이 있으면 확 던져서 잡고 싶었다. 몇 번의 시도 끝에 새끼 복어 몇 마리를 잡았지만 그냥 살려 주었다.

해가 질 무렵, 막걸리 한 병을 사서 바다를 안주 삼아 한잔 마시며 이틀 동안 밀린 여행일지를 적어 본다. 아무도 방해하지 않는 일상, 조용히 나를 뒤돌아 보는 자유로운 시간이 마음에 여유를 만끽하게 한다.

남해 상주해수욕장

밤낚시도 즐겨 보고 야경을 보며 조깅도 했지만 여기저기 많은 사람들 속에서 혼자 있는 시간이 무료하기도 했다. 산중에 있을 때와는 많이 다른 느낌이다. 하지만 마음속에는 어떤 에너지가 채워지고 있는 느낌이 든다.

#5

나를 찾아 떠나는 나 홀로 여행,
다섯째 날

2013-06-28 금요일 (남해 금산 보리암)

아침 6시 30분에 기상을 했다. 직장에 다닐 때나 집에 있을 때는 이렇게 상쾌한 아침을 맞이하지 못했다. 직장에 다닐 때는 전날의 피곤에 지쳐 겨우 일어나 허겁지겁 출근 준비를 하고 회사로 향했었다. 그리고 바로 바쁜 하루의 일상에 들어갔었다. 집에 있을 때면 늦잠 자는 날이 대부분이었다.

눈앞에 펼쳐진 바다 때문만은 아닐 것이다. 아침에 조금만 일찍 일어나도 마음이 참으로 여유롭고 할 일도 많다.

우선 세수를 하고 운동화를 신고 상주해수욕장 해변을 따라 조깅을 했다. 오늘은 금산 보리암을 올라야 하기에 아침 메뉴로는 고기 종류를 삼가기로 하고 햇반에 김 그리고 김치로 가볍게 때웠다. 식사를 하고 난 뒷정리를 하고 산에 오를 정리를 마쳤다. 오늘은 서두르고 싶지 않았다. 여유로운 아침을 보내고 싶었다.

의자에 앉아 눈앞에 펼쳐진 바다를 잠시 바라보니 문득 이런 생각이 들었다.

'나는 이제 아침을 마쳤구나. 그동안 나의 아침은 어떠했는가?'

참 좋은 아침을 보냈다.

좋은 아침은 좋은 아침식사를 반드시 해야만 하는 것은 아니지만, 나는 태어나서 출가를 하기 전까지 한 번도 아침을 걸러 본 적이 없었다. 결혼 후에도 내가 한참 바쁜 시간을 보내기 전까지도 나는 아침을 거른 적이 없었다. 아침은 반드시 가족들이 둘러앉아 얼굴을 맞대고 먹어야 하는 것으로 생각하고 살았다.

그러나 지금은 어떠한가? 한 달에 얼마나 자주 가족들과 함께 얼굴을 마주보며 아침식사를 하고 아침을 시작하였는가? 일 년을 돌아보아도 거의 손에 꼽을 정도이다. 특히 외국에서 생활하는 4년과 주말 부부를 했던 지난 2년은 더욱더 그랬다.

아침에 가벼운 산책이나 조깅을 통해 오감을 깨우고 기분을 좋게 만들어야 한다. 우유 한 잔에 빵 한 조각이라도 가족들이 서로 얼굴을 맞대는 시간을 가져야 한다. 그리고 기분 좋은 출발을 만들어야 한다. 오늘의 일과를 서로 이야기하면서 하루의 가족 계획을 잠시 살펴 볼 필요가 있다.

요즘은 아침을 차려 주어도 못 먹고 가는 아이들과 남편들이 많다고 한다. 그만큼 늦게 자고 그만큼 바쁘게 살기 때문일 것이다.

하지만 하루의 시작인 아침은 매우 소중하다고 생각한다. 좋은 아침을 맞이하려면 내가 먼저 부지런해야 한다. 첫째는 내가 좋은 저녁을 가져야 한다.

그동안 나는 어떤 저녁을 보냈나! 한 달에 보름 이상은 접대다 팀 회식이다 등등의 이유로 술에 취해 정신 없이 잠을 잤고, 술이 아니면 피곤하다는 이유로 멍하니 TV를 보며 손에서 리모컨을 놓지 못하고 있지 않았는가!

우리는 너무 내일을 위해서만 달리고 있는지 모른다. 그러나 내일은 없다. 오늘도 없다. 오로지 지금 이 순간만이 있을 뿐이다. 지금 행복하지 않으면 지나간 시간을 되돌려 행복을 만들 수는 없다.

왜 이렇게 멍청하게 살아 왔을까, 하는 후회가 든다. 나를 너무 학대했다는 생각이 든다. 그로 인해 내가 가장 사랑하는 가족들에게 행복한 시간을 뺏어버린 죄책감이 들기도 한다.

이제 좋은 아침을 만들자.

좋은 저녁을 가지자. 좋은 아침을 위하여……

30분 일찍 일어나서 가벼운 조깅을 통해 오감을 깨우자.

가족들과 하루 일상의 계획을 이야기하면서 맛있는 아침을 먹자.

일주일에 최소 한 번 이상은 부모님과 장모님께 문안 인사 전화를 드리자.

잠시 글쓰기를 멈추어야겠다.

어제저녁에 같이 회를 먹었던 옆 텐트 아저씨가 삼계탕을 끓여서 가지고 왔다. 지금 먹지 않으면 그분께 예의가 아닌 것 같다. 삼계탕 맛이 기가 막혔다. 모처럼 몸보신을 잘했다.

어제저녁에 회가 먹고 싶어 낚시를 했지만 한 마리도 잡지 못했다. 작살을 가지고 스킨스쿠버를 하면 많이 잡는데, 여기는 금지 구역이라 스킨스쿠버로 고기 구경만 하고 오늘 횟집에서 회를 샀다. 역시 바가지 요금이 대단했다. 창원에서는 3만원어치 정도밖에 안 되는데 6만원을 달라고 했다.

그래도 혼자 먹기에는 양이 많고 회는 혼자 먹으면 맛이 없다. 그래서 옆에 텐트를 치고 계시는 아저씨께 같이 먹자고 권하면서 서로 알게 되었다.

아저씨는 대구에서 온 분이고 이름은 박영철 씨다. 올해 64세 되셨는데, 국가 공무원 서기관 4급으로 몇 년 전 정년퇴임을 하시고 몇 해가 지났는데, 아저씨도 마음에 공허함이 있어 혼자 여행을 다니고 계셨다.

정년을 마치고 나면 돈이 있어도 할 일이 없는 것이 제일 힘든 일이라고 하셨다. 그래서 어쨌든 무슨 일이라도 하려고 다들 노력하신다고 하셨다.

정년퇴직을 하고 친구들은 대부분 경비원을 하시는데, 경비는 자기 시간도 없고 그래도 서기관 4급 정년에 지역 후배들 보기도 그렇고 특히 남에게 구속받고 사는 것은 이제 도저히 하지 못하겠다고 하시면서 정말 1년 다른 일 다 제쳐두고 공부에만 몰입해서 젊은 사람들도 2~3년 걸린다는 공인중개사 시험을 1년 만에 획득하셨다고 하셨다. 지금은 공인중개사 그룹에서 일을 하는데, 올 연말쯤에는 개인 사무실을 내는 게 1차 목표이고 5년 이내에 캠핑카를 사서 여행을 다니는 것이 최종 목표라고 하신다. 정말 꿈과 일에 대한 목표가 젊은 사람들보다 훨씬 강하시다.

그분은 내게 두 가지가 부럽다고 하셨다. 첫째, 외국 많이 다녀보고 외국 생활 경험이 많은 것, 사실 나는 미국, 헝가리, 중국에서 잠시지만 1~2년씩 살아 보았고 그 외 출장까지 포함하면 17개국을 가보았다.

둘째는 아직 너무 젊다는 것이다. 10년이 지난 뒤, 53세가 되어서 지난 10년을 후회하지 않도록 열심히 살라고 하셨다. 자기 일에 대해 최선을 다해 열심히 하는 것, 그리고 대인관계가 좋아야 한다는 것이 그분이 내게 해 주고 싶은 중요한 이야기였다.

내가 보기에는 자식들 다 잘 키워서 출가시켜 놓고 이제 인생의 여유를 찾은 가분이 많이 부러운데, 그분은 내가 부러운 모양이다.

참 묘한 일일세. 세상은 다 자기가 생각하는 대로 보이는 모양이다.

주차장은 두 군데인데, 다른 하나는 차를 타고 산 중턱까지 갈 수 있는 곳이고 내가 주차한 곳은 등산을 하는 곳이다. 요즘은 산 중턱까지 차로 데려다 주는 곳으로 사람들이 많이 가고 등산을 하는 쪽은 적다. 노약자의 경우에는 이해가 되지만 건강을 찾으러 온 젊은 사람들은 이해가 잘 가지 않는다. 주차장에 차를 주차하고 주차비 4,000원을 냈다.

주중이고 시간이 일러서인지 산에 오르는 사람이 없었다. 혼자 오르는 산은 정말 조용했고, 오로지 내 발소리와 새소리 그리고 계곡에서 흘러내리는 물소리뿐이다. 산 중턱에 올라서 준비해온 사과를 먹으며 휴식을 취했다.

지난 2011년 아내와 산행을 했을 때와는 또 다른 느낌이 든다. 그때는 산을 오르면서도 마음이 많이 무거웠는데, 3년간의 M&A에 대한 모든 일을 마치고 걷는 오늘의 발걸음은 참으로 가볍다.

금산은 좀 가파르다. 하지만 정상까지 90분 정도밖에 걸리지 않아 가족 등산으로 적격이다. 또 산을 오르다 내려보는 남해 상주해수욕장의 풍경이 정말 아름답다. 나는 쉬엄쉬엄 오르려 했지만 어느새 정상에 위치한 보리암에 다다랐다.

시주를 하고 가볍게 묵상기도를 했다. 지난날 기도를 들어준 고마움과 오늘 나에게 이런 여유와 가족들의 건강에 대한 감사의 기도를 했다. 나는 주로 구원의 기도보다 감사의 기도를 한다.

잠시 쉬다가 산을 내려오기로 했다. 가파른 산이라 내려올 때는 반대쪽으로 가서 차를 타고 반대편 주차장까지 내려와 거기서부터 내가 주차한 주차장까지 거리가 좀 멀기는 하지만 좀 걸어보려는 마음으로 산 중턱에 있는 주차장으로 걸어갔다.

사람들이 많이 올라오고 있었다. 역시 쉬운 길 쪽은 평일이지만 사람들이 많았다. 손을 잡고 걸어오는 한 쌍의 연인들, 노부부, 젊은 부부, 가족들……. 혼자 걷는 사람은 많이 없었다.

가끔 안타까운 모습들도 보인다. 아이들에게 좋은 신발을 신기고 멋진 모자도 씌워서 목마를 태우고 오는 아빠들, 또 줄곧 아이를 품에 안고 오는 아빠들을 많이 볼 수 있었다. 내가 보기에 아이는 마음껏 뛰고 싶고 걷고 싶은 것 같은데 젊은 아빠들은 혼자만 신났다. 이 좋은 공기에 아이들이 스스로 걷고 뛰면서 산을 오르도록 하면 얼마나 좋을까 생각을 했다. 아마 저렇게 아이들을 키우면 나중에는 아이들이 건강하지 않다고 약을 사서 먹여야 할 것이다.

사람들의 표정도 가지가지다.

여기저기서 들려오는 사람들의 수다를 들어보면 대부분 "힘들어", "죽겠다", "못 한다", "빨리빨리"와 같은 단어들이다. 그런 사람들의 얼굴을 보면 표정이 좋지 않다. 마냥 놀기 위해서가 아니라 다들 이유가 있어서 귀한 시간을 내어서 오르는 길일 텐데 참으로 안타까운 마음이 들었다.

좋은 공기가 살결에 닿아도 느끼지 못할 것이고, 새들의 지저귐도 들리지 않을 것이고, 싱그러운 풀 내음도 맡지 못할 것이며, 아름다운 풍경도 눈에 들어오지 않을 것이다. 마음의 여유를 가지지 못한다면 다리만 고생이다. 산에 오를 때는 모든 것을 내려놓고 잠시라도 오감을 깨워서 자연과 함께해볼 만하다.

나를 잠시 돌아다 본다. 왜 후회하는 일들이 생겨나는가?

내가 후회하는 일들의 대부분은 내가 불필요하게 생각하고, 깊은 생각 없이 한 말들로 인해 내가 스스로 만든 업보들인지 모른다. 아니 생각해 보면 그런 경우가 대부분인 것 같다. 그런 일들은 나뿐만 아니라 나와 관련된 다른 사람들에게도 피해를 주는 게 분명하다. 실없는 말을 삼가야 한다. 실없는 말을 하지 않으려면 실없는 생각을 하지 말도록 노력해야 한다.

산 중턱에 있는 주차장에 도착하니 아직 내려가는 사람들이 한 차를 채우지 못해 언제 차가 내려갈지 모른다고 해서 다시 왔던 길로 걸어서 하산을 하기로 했다. 산을 내려오면서 생각 버리기 연습을 했지만 아직 많은 오감으로 찰나에 집중하는 연습이 더 필요함을 느꼈다.

산을 내려오니 점심시간이 되었다. 점심은 지방에서 나는 콩으로 만든 청국장을 먹고 싶었다. 미국 마을을 조금 지나 산 쪽으로 조금 올라가면 식당이 하나 있다.

나는 주차를 하고 식당 문을 열고 들어서면서 인사를 했다. 식당 주인은 인사를 받아주지는 않고 멍하니 바라만 보았다. 산에서 바로 내려온 내 행색이 딱 보기에 돈 한 푼 없는 거지 모양이었던가 보다. 그래도 손님인데 먼저 인사를 해야 하지 않는가!

이 식당의 전문 음식은 청국장인데 오늘은 순두부만 된다고 하여 순두부를 먹었다. 주인이 반갑게 맞아주지 않아서인지 그다지 맛이 있지는 않았다.

내가 음식점을 고르는 가장 첫 번째 조건은 음식을 만드는 사람과 음식점 주인의 표정이다. 인상이 좋은 사람이 즐겁게 만든 음식은 단지 돈을 벌기 위해 만들어 내어 놓은 음식과는 그 정성과 기운이 많이 다르다. 혹시나 간이 맞지 않아도 기분이 좋다.

미국 마을에서 바라본 남해 바다

밥을 먹고 상주로 오는 길에 미국 마을을 잠시 들렀다. 미국 마을에서 내려다 보는 바다의 풍경은 논에 심어진 푸르스름한 벼들과 어우러져 장관을 이루었다.

점심을 먹고 상주로 들어와 먼저 땀으로 범벅이 된 몸을 씻고 싶어 목욕탕을 향했다. 목욕탕 굴뚝은 보이는데 찾기가 쉽지 않았다. 결국 찾았는데 옛날 목욕탕은 공사 중이었다. 최근에 지어진 신식 목욕탕과의 경쟁에서 밀려 장사가 안 되었던 모양이었다. 새로 지어진 신식 목욕탕을 찾아 몸을 깨끗이 씻었다. 모처럼만의 샤워라 기분이 좋았다.

목욕을 하고 동네를 걷다가 머리가 너무 지저분한 것 같아 옛날식 이발소에 들러 이발을 했다. "너무 짧게는 하지 마시고 스포츠 스타일로 해 주세요" 했더니 할아버지는 "알았다"고 하시고는 너무 짧게 깎아 버렸다.

텐트로 돌아와 저녁 준비를 했다.

저녁을 먹고 산책을 하면서 오늘 올랐던 금산을 바라보았다. 작지만 정말 아름다운 산이다. 그리고 나에게는 고마운 추억이 있는 곳이다.

아내와 통화를 했다. 원래는 내일 창원으로 돌아가는 일정이었으

나 하루 더 있고 싶었다. 아내에게 남해로 오면 좋겠다고 했고, 아내
는 내일 일정을 한번 더 체크해 보고 가능한 한 오겠다고 했다.

　요즘 내 아내도 여유가 많이 없어 보인다. 남편이나 아내가 지치
면 가정의 행복을 기대하기가 어렵다. 내 관점에서 보면 아내의 여
유는 매우 중요하다. 그래야 내가 보지 못하는 것들을 볼 수 있고
내가 챙기지 못하는 것들을 챙길 수 있다. 아내의 입장에서 생각해
보면 나의 여유가 더 중요하다고 생각할지 모른다.

　사람은 다 마찬가지다. 본인이 피곤하면 만사가 귀찮은 법이다.
스님도 몸이 상하고 마음이 괴로우면 염불도 하기 싫다고 하지 않
는가.

　내일 아내가 오면 모처럼 둘이서 데이트를 해야겠다.

6

나를 찾아 떠나는 나 홀로 여행,
여섯째 날

2013-06-29 토요일 (상주해수욕장)

어제까지만 해도 서너 개이던 텐트는 하룻밤을 자고 나니 열서너 개로 많아졌다. 아마 오늘이 토요일이라 어제저녁과 오늘 새벽에 사람들이 많이 왔나 보다.

유럽의 경우 텐트보다는 오토캠핑족들이 많다. 그렇기 때문에 캠핑을 온 사람들을 위한 인프라가 잘 구축되어 있다. 머지 않아 우리나라도 캠핑족들이 많아질 텐데 아직 외국에 비해서는 인프라가 많이 부족한 편이다.

정식 개장은 7월 2일이라 아직 입장료를 받지 않았는데 오늘은 사람이 많아서인지 샤워실도 개장을 하고 야영비도 받았다.

상주해수욕장에 텐트를 친 모습

아내가 오기로 했기 때문에 오늘 하루 더 있다가 내일 창원으로 철수하기로 했다. 아내는 저녁에 중요한 약속이 있었던 것으로 아는데, 나와 같이 있는 쪽으로 결정을 한 모양이다.

테트를 정리하고 아내를 데리러 남해 터미널로 차를 몰았다. 나는 조금 일찍 도착해서 저녁에 먹을 것들을 준비했다. 사실 아내에게 좋은 펜션을 예약해 두겠다고 꼬드겼는데, 준비를 하지 못했다. 대신 이불은 태양 소독을 하고 텐트 내부도 깨끗이 정리를 했다. 그리고 멀리 나를 위해 찾아와준 아내를 위해 횟감과 다른 먹거리를 준비했다. 유원지에서는 6만 원 하는 횟감을 남해시장에서는 3만 원에 살 수 있었다.

오후 2시 20분, 아내는 예정 시간보다 조금 일찍 도착했다. 6일 만에 아내를 보니 기분이 좋았다. 아이들은 다음주가 시험기간이라

같이 오지는 못했다. 이제는 스스로 밥을 챙겨 먹고 자기들끼리 저녁에 있어도 아무 걱정이 되지 않는다. 벌써 철이 들어서 아빠와 엄마가 좋은 시간을 보내라며 문자도 보내 온다. 든든한 아들과 딸에게 고맙다.

나의 아내는 참으로 멋진 여자다.

내가 회사를 그만두고 여행을 간다니까, 일 년 동안 아껴둔 자기 비자금 300만 원을 건네며 휘트니스에서 운동도 하고 일을 다시 시작하기 전에 내가 하고 싶은 것을 하라고 했다. 원래 멋진 여자인 건 알았지만 좀 감동을 먹었다.

아내는 대학을 졸업하자마자 결혼을 해서 지금까지 한결같이 나에게 힘이 되어 준 사람이다. 결혼을 하고 화장실도 없는 단칸방에서 아이를 데리고 살면서 얼마 되지 않는 월급(신혼 초에는 월 급여가 70만 원)을 쪼개어 반은 저금을 했었다. 조금이라도 싸고 좋은 분유와 기저귀를 사기 위해 아이를 업고 20분이나 떨어진 가게에 가서 쇼핑을 할 때가 많았다.

회사 일 때문에 나는 가정에 신경을 쓸 겨를이 거의 없었다. 아침 6시에 출근해 새벽 2시~3시에 들어올 때가 대부분이었다. 회사가 조금 안정되었다 싶으면 미국으로, 헝가리로, 중국으로 몇 년씩 다녔고, 그럴 때마다 아내는 어린 두 아이와 가정을 지키며 집안의 대소사에도 참석해서 나의 빈자리를 채웠다.

내가 회사 일로 가정을 등한시할 때도, 회사가 최악의 상황을 맞아 가장 어려울 때도 항상 나를 먼저 믿고 상황을 이해해 주고 나에게 힘이 되어 주었다. 결혼을 하기 전에는 내 이상형이 아니라고 생각했는데, 살아가다 보니 내가 찾던 이상형이었다.

결혼을 위해 파트너를 찾는 젊은이들이여!

이 세상에 나와 같은 이는 단 한 명도 없고 그리고 완벽한 파트너는 없다는 것을 알아야 한다. 겉으로 보이는 아름다움보다는 내면의 아름다움이 갖추어진 현명한 여인을 찾아서 서로 맞지 않는 부분들은 맞추어 살아가는 것이 인생의 참 맛이라는 것을 깨달아야 할 것이다. 그렇다고 내 아내가 미인이 아니라는 것은 아니다. 나에게는 이세상에서 최고의 미인이다. 혹시나 서로 의견이 달라 말다툼을 할때는 그 중에서도 최고 예쁜 입술을 주시하면 큰 싸움이 되지 않는다.

아내와 텐트에서 바다를 바라보고 맛있는 회를 먹으며 그동안의 여행 이야기와 지난 17년 함께 살아온 이야기를 나누었다. 아내의 선글라스 너머로 비치는 눈가의 눈물을 보았다. 왠지 모르게 나도 눈물이 핑 돌았다. 애써 감추려 바다를 바라보았다.

여보, 늘 나를 응원한 당신을 이제는 내가 응원합니다. 파이팅 하세요. 나의 아내이기에 나에게 무조건 맞추어야 하고 당신의 고유명사를 무시한체 나의 아내로서만의 당신을 원했던 이기적인 날들이 많았습니다. 당신은 나의 아내 이기전에 이 시대를 같이 살고 있는 한 사람, 한 여인이고, 수많은 사람들과의 연결고리에 있는 사람입니다. 당신을 있는 그대로 인정하고 존중하고 사랑하도록 노력하겠습니다. 당신이 내 아내인 것이 나에게 얼마나 큰 행운인지 모르겠습니다. 감사합니다. 사랑합니다.

큰 불평 없이 힘든 시간들을 감당하며 내 곁을 지켜 준 아내에게 감사한다.

여행 칠일째 우리는 아름다운 아침을 보냈고 나는 남해 해수욕장을 수영을 해서 가로질러 보기도 했다.
오후에는 짐을 챙겨 창원으로 돌아와서 여행 동안의 내용을 정리를 했다.

에필로그

– 잃어버린 나를 찾아서

인생에서 나를 빼면 내 인생은 없다

나는 가장 소중한 나를 존중하지 않았다. 일 때문에, 친구 때문에, 술 때문에…… 갖가지 핑계가 있다. 아마 대부분의 직장인들도 그러할 것이다.

지금 생각해 보면 내가 제조업에 몸담고 있으면서 마신 술이 얼마나 되는지 계산도 되지 않는다. 접대다, 회식이다, 친구모임이다 등등 온갖 이유를 갖다댔지만 지금 생각해 보면 솔직히 내가 마신 술의 70% 이상은 불필요한 것이었다.

대부분의 직장인들은 일에 중독되어 있다. 또 술과 모임과 핸드폰에 중독되어 있다.

우리는 얼마나 나를 존중해주며 소중히 생각하는지 깊이 생각해 보아야 한다.

여행을 출발할 때 차에서 주기적으로 "배터리가 방전되고 있습니다"라는 신호를 보냈다. 나는 걱정이 되었지만 이미 출발한 상태였고 괜찮겠지, 하는 마음에 그냥 차를 몰았었다. 여행을 마치고 즉시 카센타에 들렀다. 결국 계기판에 빨간 불이 들어 왔기 때문이다.

상황이 심각함을 늦게야 알고서 자동차 정비소에 가서 발전기를 교체했다. 발전기를 교체하기 위해 적지 않은 돈이 들었다. 하지만 차는 거의 새 차 수준으로 성능을 발휘했다.

차가 이상 없이 달리기 위해서는 평균 12V의 전류가 필요한데, 내가 몰던 차는 에어컨을 켜거나, 라이트를 켜면 8V까지 내려가서 어떤 일이 발생할지 모르는 위험한 상황에 있었던 것이었다. 나는 그 위험한 차에 내 생명을 맡기고 일주일을 보냈던 것이다.

지금 나는 얼마의 에너지로 이 세상을 살아가고 있는가? 스스로에게 질문을 던져 본다.

에너지가 없는 직원은 일에 대한 열정이 없다. 할 수 있다는 말 대신 핑계와 불만이 가득하다. 많은 일을 하는 것 같지만 실제로 일의 능률은 오르지 않는다.

반대로 자기 관리를 잘해서 에너지가 넘치는 직원은 핑계가 없다. 항상 할 수 있다는 긍정적인 열정이 강하다. 그런 직원들에게는 믿고 일을 맡길 수 있다. 이런 직원들은 장기적으로 볼 때 회사의 중요한 임원으로서 큰 역할을 할 수 있다.

만약 당신의 팀장이, 당신의 사장이 일의 성과만 요구하고 당신의 건강과 여유를 헤아리지 않는다면 당신은 당신의 일과 직장을 다시한 번 생각해 보아야 한다. 영원한 직장은 없다. 나의 경쟁력이 나를 지킬 수 있는 것이다.

자신이 하고 있는 일에 최선을 다해야겠지만, 자신의 현 주소를 항상 확인하고 자기 관리를 잘해야만 장기적인 측면에서 조직에서 인정받는다는 사실을 잊지 말아야 할 것이다.

잃어버린 나를 찾아서

　일주일간의 짧은 여행이었지만 정말 많은 것을 느낄 수 있는 소중한 시간이었다. 나를 찾는 여행을 통해 내가 느낀 것들을 정리해 본다.

　내가 잃어버린 나는, 잃어버린 나의 꿈이었다. 꿈은 열정을 필요로 한다.

　내가 잃어버린 나는, 에너지였다. 에너지는 열정을 만들 수 있다.

　내가 잃어버린 나는, 본래의 내 순수한 마음과 겸손한 두려움이 없던 나였다.

　내가 잃어버린 나는, 지금의 나를 직시하지 못하는 냉정한 마음이었다.

　내가 잃어버린 나는, 보고도 보지 못하고, 듣고도 듣지 못하고, 늘 바쁘게만 나를 몰아가는 내 마음이었다.

　내가 잃어버린 나는, 잃어버린 나의 자존감이었다.

　나의 마음과 몸은 휴식을 통한 에너지 충전이 필요하다. 나는 내 정신을 감싸고 있는 망상을 버리고 냉정하고 순수한 마음으로 돌아가야 한다. 나는 나의 잃어버린 꿈을 찾아야 한다. 나는 꿈을 이룰 에너지와 열정이 필요하다.

　이제 나는 내 꿈을 찾아 나설 것이다.

내가 잘하는 일, 내가 하고 싶은 일, 내가 해야만 하는 일.

조급해 하지 말자.

내가 무엇을 하고 싶은지, 권위도 가식도 내려 놓자.

당장의 수입금에 대한 걱정까지 내려 놓고 앞으로 30년 동안 보람을 느끼며 내 자존감을 잃지 않고 하루하루를 즐기며 잘할 수 있는 일을 찾자.

지금 나에게 주어진 이 휴식에 감사하다. 나부터 나를 존중하고 나를 사랑해야겠다. 건강을 잃으면 모든 것을 잃는다는 아주 단순한 진리를 잊지 말자. 100년을 사용할 것 같이 내 몸을 소중히 여기고 다듬자. 나 자신을 가장 먼저 존중하고 매 순간을 즐기며 살아가자.

지난 세월 나에게 도움과 믿음과 관심을 주신 모든 분들과 사랑하는 가족에게 이 글을 바친다.

○
●

육조그룹

인간의 몸은 육조 개의 세포로 이루어져 있다고 합니다.

우리는 내 몸의 참 주인이 되기 위해 나를 존중하고 나 자신과 잘 호흡해야 합니다. 내 몸과 마음의 참 주인이 되어야 합니다. 나는 이미 태어나면서부터 이 세상에 가장 고귀한 나로서 큰 우주의 작은 우주로 존재하게 됩니다.

세상은 이미 사람이 살아가기에 필요한 것 이상의 것이 창조되었습니다. 나와 우리가 알고 있는 지역과 지역, 지역과 글로벌 네트워크를 필요에 의해서 잘 연결하고 필요한 자원을 적절히 이용한다면 우리는 과도한 공장 건설과 에너지 소비 없이 서로에게 필요한 것들을 만들고 이용할 수 있을 것입니다.

나는 지금부터 그 네트워크를 연결해서 육조 원 네트워크를 만들어 볼까 조심스럽게 고민해 봅니다.

이것은 반드시 사업의 성공만을 목적으로 하지 않으며 자원 소모의 최소화와 에너지 사용의 최소화를 통한 지구와 우주의 생존을 더 오래 하고자 하는 염원이 있습니다.